mínimos, múltiplos, comuns

João Gilberto Noll

mínimos, múltiplos, comuns

EDITORA RECORD
RIO DE JANEIRO • SÃO PAULO

2015

CIP-BRASIL. CATALOGAÇÃO NA FONTE
SINDICATO NACIONAL DOS EDITORES DE LIVROS, RJ

N729m
1. ed.
    Noll, João Gilberto, 1946-
    Mínimos, múltiplos, comuns / João Gilberto Noll. – 1. ed. – Rio de Janeiro :
Record, 2015.

    ISBN 978-85-01-10476-2

    1. Conto brasileiro. I. Título.

15-22164   CDD: 869.93
                                                  CDU: 821.134.3(81)-3

2ª edição (1ª edição Record)

Copyright © João Gilberto Noll, 2015
Capa: Victor Burton
Todos os direitos reservados. Proibida a reprodução, armazenamento ou transmissão de partes deste livro, através de quaisquer meios, sem prévia autorização por escrito.

Texto revisado segundo o novo Acordo Ortográfico da Língua Portuguesa.

Direitos exclusivos desta edição reservados pela
EDITORA RECORD LTDA.
Rua Argentina, 171 – 20921-380 – Rio de Janeiro, RJ – Tel.: 2585-2000

Impresso no Brasil

ISBN 978-85-01-10476-2

Seja um leitor preferencial Record.
Cadastre-se e receba informações sobre nossos lançamentos e nossas promoções.

Atendimento e venda direta ao leitor:
mdireto@record.com.br ou (21) 2585-2002.

Para Roberto Schmitt-Prym

sumário

Um painel minimalista da Criação, Wagner Carelli   21
Sobre a lógica essencial da edição   27

GÊNESE
  O NADA
    NADAS
      Tecido penumbroso   31
      Quimeras   32
      Ele   32
    NINGUÉNS
      Ninguém   34
      Na correnteza   34
      O homem vago   35
      Zé na margem   36
  O VERBO
    PALAVRAS
      Fosso do som   37
      Erosão   38
      Línguas   38
      Voragem   39
      Ícaro   40
      Miragens   40
      Beijo na seda   41
    NOMES
      Adão   42
      Foz   42
      Passeio de domingo   43

A conquista 44
Orlas 44
Aula de natação 45
GRITOS
  Então gritei 46
  Comoção 46
  Bruto! 47

FUSÕES E METAMORFOSES
  OS MIMETIZADOS
    Fusão 49
    Vigília 50
    Amazônico 50
    Húmus 51
    Quieta duração 52
    Hora marcada 52
    Sarça ardente 53
  OS PETRIFICADOS
    Missões 54
    Estátuas 54
  OS VOLATIZADOS
    Corpo no chão 56
    Afã 56
  OS CAMALEÔNICOS
    A sessão 58
    Cinemascope 58

A DESMEMÓRIA
  OS ESQUECIDOS
    Café 61
    Toalha branca 62
    Mafuá 62
  OS PERDIDOS
    Fronteiras 64
    Folia no limbo 64
    Vaga 65
    Abandonado 66

Alheio 66
Furto 67
Fulminante 68
OS ACHADOS
O jardim 69
Pacto 69
O alvo do dia 70

OS ELEMENTOS
ÁGUA
ÁGUAS
Água 73
Ouvir águas 74
Águas tensas 74
A gruta 75
O jovem médico 76
MARES
Auto do laçador 77
A ceia 78
Couro 78
Farfalhar da serra 79
RIOS
Várzea 80
Matias, o pintor 80
Órbitas 81
Baluarte 82
Vertente 82
Sangue do Guaíba 83
Arfante 84
MERGULHOS
As férias do animal 85
Caroço do ermo 85
Férias 86
Tinto 87
Mormaço 87
História infantil 88

AR
  ARES
    Natureza   89
    Colono   90
  VENTOS
    Pampa   91
    Açoite   91
    Porto   92
  NEBLINA
    Rondas   93
    Cisco dos Andes   93
    Leve seio   94
FOGO
  CHAMAS
    Depois da queimada   95
    Resíduos   96
    Primavera   96
    Ardor   97
    Bucólicas   98
    A folga do soldado   98
  SOL
    Patrício   100
    Calor   100
  CALOR
    Canícula   102
    Brejo   102
    Ação   103
TERRA
  COVAS
    Aparição   105
    Atalho   106
    Resíduo insone   106
  TERRENOS
    Folguedos   107
    Silvestre   107
    Gleba   108

AS CRIATURAS
O CORPO
  O FORTE
    Gigante   111
    A véspera   112
  O ORGANISMO
    Genética extraviada   113
    Premente   113
  AS MÃOS
    Devoção   115
    A dívida   115
    Ponto pacífico   116
    Unhas   117
  A BOCA
    Véspera macia   118
    Flor da ferida   118
  A LÍNGUA
    Língua e perdição   120
    Onipotência   120
  O PÚBIS
    Luz no travesseiro   122
  OS OLHOS
    Cristal   123

OS DESPIDOS
  SÓS
    Sulino   125
    A letra nua   126
    Sereias   126
  ACOMPANHADOS
    Despidos   128
    Idílio   128
    Emergências lunares   129

OS AMANTES
  ELAS
    Coríntios   131

Capela   132
Desdém   132
Elas   133
ELES
Cultivo   134
Néctar   135
Conflagração   135
NÓS
Coágulos   137
Desocupado   137
Corrupio   138
Sítio   139

OS CASAMENTOS
CASADOS
Avulsos   141
Cetim   142
Naquele dia   142
Chileno   143
O não   143
Cavalheiros   144
VIÚVOS
Resguardo   145
Trinados do viúvo   145

A FAMÍLIA
O PAI
A criança e o soldado   147
O pão   148
Parque da redenção   148
Claraboias   149
A MÃE
Até   150
Bispo da madrugada   150
Enseada   151
Virgínia   152
Vias aéreas   152
Trovas   153

OS FILHOS NÃO GERADOS
   Ébrios 154
   Em brasa 154
   Tarzans 155
   Na cozinha 156
O IRMÃO
   Vesúvios 157
   O filho do homem 157
OS OUTROS
   Família 159
   Encruzilhada 159
   Alimentos 160
   Meu primo 161
   Os genros deserdados 161
AS CRIANÇAS
   ENTRE ADULTOS
      O parto 163
      Piás 164
      Berço 164
      Fosco 165
      Agasalhos 166
      Trapaça 166
   ENTRE SI
      A fortaleza 168
      Aurora de risco 168
      A comunhão 169
      Chuí 170
OS ANIMAIS
   OS CACHORROS
      Altar lateral 171
      Um conhecido 172
   OS GATOS
      Os afazeres 173
      Neném 173
   AS AVES
      As asas de Kane 175

Os ANDARILHOS
   RETIRANTES
      Retirante submerso   177
      Fidelidade canina   178
      Canoa   178
      Dois passageiros   179
   CORREDORES
      Fôlegos   180
      O corpo eufórico   180
      Acampados   181
      Fratura   181
   PASSEANTES
      A nave   183

Os EXCLUÍDOS
   OS SEM-TERRA
      Herr Ludwig   185
      Noites cariocas   186
   OS SEM-TETO
      A sopa   187
      Inquilinos   187
      Sr. Ventura   188
   OS DESOCUPADOS
      Meio-fio   189
      O indicado   190

Os REVOLTOSOS
   O CONTEXTO
      Faminto   191
      Pecuária   192
   GOLPE E EXÍLIO
      Azul-celeste   193
      Golpe no bar   193
      Plantel   194
   A LUTA
      A ordem   195
      O noivo   195

Luta armada 196
A VOLTA
  A chegada 197
  Prestes 197
OS GLADIADORES
  OS DUELISTAS
    Treinador de almas 199
    Passos no cascalho 200
    Parque da harmonia 200
    O segurança 201
  OS VENCIDOS
    Cidade baixa 202
    Encontro no museu 202
    Alcova 203
    Ninho de fada 204
  OS VENCEDORES
    Varões 205
    A dança 205
    Fogo! 206
    Furioso! 207
    Guia ultramarino 207
    Varonil 208
OS ACUSADOS
  OS RÉUS
    A letra roubada 209
    Cega servidão 210
  OS JUÍZES
    Paradeiro 211
  AS TESTEMUNHAS
    Depoimento 212
  OS CONDENADOS
    Visita de domingo 213
  OS OUTORGADOS
    Melodia 214

OS FUGITIVOS
  FORAGIDOS
    A fúria da floresta 215
    Refugiado 216
    Ópera zonza 216
    O etrusco 217
    Centro da cidade 218
    Aventureiro 218
    Sombra gentil 219
  CAPTURADOS
    A captura 220
    Ao sul 220

OS FERIDOS
  AS FERIDAS
    Expansão 223
    Samaritano 224
    Lava da manhã 224
    Fim de noite 225
    Afta 226
    Coragem na mata 226
    No alto 227
  AS SEQUELAS
    Atrás da cortina 228
    O passo de prata 229

OS CONVALESCENTES
  NOS HOSPITAIS
    Na clínica 231
    Fulva esfera 232
    Visitas 232
    O leito vitorioso 233
    A nata do instante 234
    Anatomias 234
    Uva 235
    Querência 235
    Cercanias 236

EM CASA
  Sombra sucinta   237
  Sem título   237
  "Larva Tropical"   238
  Mouro   239
  Nevralgia   239
  Feriado   240
  Campos de algodão   241
OS ARTISTAS
  OS MÚSICOS
    Festival de Inverno   243
    Corpo na mesa   244
    Porto Alegre   244
    Seresteiros   245
  OS POETAS
    Nata   246
    A presença   246
    Havana prometida   247
  OS PALCOS
    Pólen   248
    Xucro   248
    Astúcia   249
    O foco   250
  OS PINTORES
    Dark room   251

O MUNDO

A GEOGRAFIA
  CALIFÓRNIA
    Bodas no quintal   255
    Suspense   256
    Passagem do ano   256
    Marilyn no inferno   257
    O pouso   257

EUROPA
    Penumbra na ponte   259
    Helena em Londres   259
    Festival 500 anos   260
RIO GRANDE DO SUL
    "Bambas da Orgia"   261
    Cristóvão   261
    Avenida Farrapos   262
    Praça da Alfândega   263
    Prodígios   263
    Sul extremo   264
    O missionário   265
RIO DE JANEIRO
    Sépia suspirante   266
    Arrocho   266
    O moço ancestral   267
    Estada   268
SANTA CATARINA
    A visita   269
    Figueira   269
OUTROS BRASIS
    Em Brasília   271
    Mato Grosso   271

OS HORIZONTES
    DAS JANELAS
        O aceno   273
        Vestal   274
    DAS MARGENS
        Dia e noite   275
        Manjedoura   275
        Quintal agreste   276

AS PLANTAS
    FOLHAS
        Mistério glorioso   277
        A planta da vergonha   278

CANTEIROS
    Trincheira   279
    Tomates   279
  PÉTALAS
    Aventureiros   281
    A crista das horas   281
    Recreios   282

OS REFLEXOS
  ESPELHOS
    Saga no banheiro   283
    Sonos e carícias   284
    Sonâmbula   284
  FOTOGRAFIAS
    Piloto da madrugada   286
    Azul sem conta   286
    No fundo do bolso   287
    Santinhos   288
    Sombra gentil   288
    Damas do apostolado   289

O SISTEMA
  RESTAURANTES
    Iguaria   291
    Euforia   292
    Salada   292
  CAFÉS
    Sob o lençol   294
    Boom!   294
  BARES
    Noturnos   296
    Estudante   296
    Pedestre   297
    Penhasco   298
  HOTÉIS
    Promessa   299

BANCAS
   População   300
   Dia de sol   300
CINEMAS
   O ex-cineclubista   302

O RETORNO
  OS MORTOS
    AS MORTES
      Banho na claridade   305
      O fio em curso   306
      Lagoa da Conceição   306
      Brinquedo mortal   307
      Emergências   307
    OS CADÁVERES
      Relento   309
      Cavalheiros   309
      Mucosas   310
    OS ENTERROS
      Grêmio   311
      Depois do almoço   311

  OS DEUSES
    PROFANOS
      Deusa da ausência   313
      Um cara de Zeus   314
      Cilada   314
    SECULARES
      Voluntário   316
      Meus oito anos   316
      A filha do pai   317
      Nave   318
      O sono flagelado   318

Um painel minimalista da Criação

POR WAGNER CARELLI

João Gilberto Noll passou três anos e quatro meses na aplicada disciplina de escrever toda semana duas narrativas completas, e de porte incomum: cada relato estava confinado a um máximo de 130 palavras. "Vivi esse tempo para essa tarefa", diz ele. Cada livro em sua já extensa obra é em si um prodígio de síntese, poética e moral, estrutural e arquitetônica (nunca um *esforço* de síntese: a sua é a literatura de um *natural*); o tempo e a tarefa destes *Mínimos, múltiplos, comuns* exacerbaram essa habilidade sintética e levaram seus já improváveis limites além do prodigioso — ao território de uma escrita absoluta. Território virgem, até onde se pode saber, desvelado por este pioneiro no mapeamento e codificação literários das regiões do inconsciente. Noll estabelece aí uma olaria simbólica; trabalha e modela o barro do intuído para então juntar, literal e literariamente, seus tijolos na construção da consciência. É um ofício que ele desempenha com a destreza fácil e concentrada, imersa na criação, suspensa no tempo e alheia ao espaço, de uma criança entretida com suas peças de Lego.

O trabalho resultou em 338 relatos mínimos e extraordinários, de difícil qualificação. Chamá-los de *contos* seria incorreto. Sua configuração não remete à do conto, mesmo nas expressões mais criativas do gênero. Não há aqui a fixação breve de um momento preciso, com ênfase transcendental no que não é dito — como no contista Ernest Hemingway —, nem o resumo lacônico que o "ensaio ficcional" de Jorge Luis Borges conformou para revelar a pequenez de mundos e civilizações. De uma *narrativa poética* tampouco pode-se falar aqui com precisão. Há poesia na abordagem temática e no lirismo quase métrico da linguagem — é ferramenta. Mais adequado seria definir esses relatos como romances integrais, reduzidos a seu mínimo enunciado formal; não há aí o "não dito", o "não expresso", as "entrelinhas" de Hemingway, nem um artifício ilusionista que dê à ficção um outro caráter, como o ensaístico-monográfico da narrativa borgiana. Os relatos de *Mínimos, múltiplos, comuns* fazem uso exclusivo da palavra lavrada como arquétipo — ou, antes, daquele máximo de 130 palavras —, para erguer o romance mínimo; logram compor integralmente a estrutura que o gênero pressupõe, e ganham sua dimensão.

Noll chamou suas narrativas mínimas de "instantes ficcionais", o que é apropriado; falta à definição fazer jus àquela ilimitação no território da escrita e à Unidade — com maiúscula — a que aspiram todos e cada um dos relatos. "Instante ficcional" denota a qualidade exponencial, visível, quase óbvia, do relato isolado: a maravilha do engenho que ergue sua construção minúscula com a complexidade estrutural intrínseca das catedrais. Não é conceito que possa abranger — e outro não ocorre — a qualidade associativa íntima comum a todos os relatos, que só se evidencia em seu conjunto ordenado e lhes confere incalculado poder sinérgico. Dissociados entre si no espaço e no tempo, como à época de sua publicação individual pela *Folha de S. Paulo*, duas vezes por semana entre agosto de 1998 e dezembro de 2001, na ordem cronológica em que foram escritos — uma ordem neste caso caótica e carente da lógica interna, quase linear que os une —, estes relatos têm seus limites comprometidos à estreiteza do espaço e induzem a um entendimento reducionista, que pode tomá-los como *abstrações* de sentido escasso e circunscrito à forma. Algo como uma tela "abstrata" de Mark Rothko vista nas dimensões diminutas e apartadas de um catálogo.

Como essa tela, a experiência plena do instante ficcional exige que este se aproxime do conjunto em que foi gerado. A menção a Rothko não é casual; a arte de Noll revela inadvertida e notável proximidade com a deste letão-americano, associado pela crítica ao "expressionismo abstrato" que congrega também Jackson Pollock. Como em Rothko, a obra de Noll refuta toda interpretação que isole elementos formais entre si (cor e espaço, por exemplo) e entre estes e o conceito. Como em Rothko, a arte de Noll "convida a uma demorada contemplação" e "prova-se difícil de descrever", nos termos exatos que o crítico americano de arte Jeffrey Weiss usa para compor o mais elucidativo ensaio sobre a arte de Rothko, *O espaço desconhecido*. A epígrafe de Weiss para o ensaio, pinçada em Jean-Paul Sartre, serviria perfeitamente para epigrafar o que quer que se diga sobre a obra de Noll: *Plenitude é o vazio a que se dá uma direção.*

Da mesmíssima forma como ocorre com o instante ficcional de Noll, uma tela do período maduro do "expressionismo abstrato" de Rothko não é apenas *uma* tela em sua origem, mas *parte* de grupos com quatro, seis, oito telas de seus quatro metros por três, dispostas em U entre três paredes, de forma a possibilitar ao fruidor que venha a *adentrá-las*. Esses grupos de telas foram decompostos pelo mercado, e só se reúnem em eventuais exposições retrospectivas. Isolados, as telas de Rothko e os instantes ficcionais de Noll mantêm a fantástica arquitetura e perdem *direção* — esvaziam-se, sartrianamente: não *encaminham* à dimensão do Absoluto e ao Sentido essencial em que foram concebidos; podem apenas levar a *pressupor*, na tremenda tensão interna que manifesta sua estrutura, a propriedade hologramática, o *espaço desconhecido* que em cada tela e relato dá a conhecer o Todo.

A ordenação dos instantes ficcionais de Noll nestes *Mínimos, múltiplos, comuns* se fez pela liga dessas virtudes íntimas, e procurou a justaposição daquelas formidáveis tensões internas. Os relatos foram dispostos em primeiras constelações que se agruparam em um segundo e um terceiro sistemas, conjuntos por sua vez *dirigidos* a uma fusão em plenitude cósmica. O termo "cósmico" não se usa aqui em translação semântica — é o adequado: conectados uns aos outros de acordo com sua lógica essencial, cada relato acendeu-se num "bang" em si mesmo, o conjunto resultou num "big bang", e fez--se luz sobre a dimensão monumental da obra que João Gilberto Noll compôs ao longo daqueles três anos e pouco de dedicada concentração no ofício da arquitetura arquetípica: uma história intuída do Universo, contada em suas mínimas letras. Daí o conjunto contido neste volume não poder prescindir de um único entre todos os instantes ficcionais compostos por Noll; não há relato descartável, seja por eventual desconexão com os sistemas ou por não obedecer ao rigor arquitetônico de uma literatura imaculada. Não há "maior" ou "melhor" — todos os instantes estão na ordem do Absoluto, constituem partes perfeitas e inalienáveis do Todo e resultam não *em uma*, mas *na* Unidade essencial.

Rothko viveu e exerceu seu ofício em tempos que deram particular relevância a um dogma artístico, sobrevivente de muitas épocas e escolas: "Não importa sobre o quê se concebe a pintura, importa apenas se a pintura é boa". O suposto "pintor abstrato" que poderia encontrar aí abrigo e fundamento se opôs por toda a vida a esse postulado dogmático: "Não há boa pintura sobre o nada", dizia em contraposição. Rothko e Noll são os pintores do Tudo — não há em suas artes "abstração" da forma; há um aprofundamento abissal do sentido *através*, literalmente (não "por meio"), da forma. Rothko sugeria uma "ioga" para descer a essas profundezas, as da Revelação, através de suas telas: propunha ao fruidor que se postasse a um palmo de qualquer pintura naqueles grupos dispostos em U, e procurasse perceber todas. A experiência resultante está próxima do mergulho em uma onda de dimensões, e ambiência, próprias das naves em catedrais. Propomos procedimento semelhante para a apreensão destes *Mínimos, múltiplos, comuns*. Que sejam lidos com atenção concentrada na parte mantendo-se a clara percepção do todo, e que se experimente aí um profundo mergulho no torvelinho da Criação.

Sobre a lógica essencial da edição

Estes *Mínimos, múltiplos, comuns* foram divididos em cinco grandes conjuntos que pressupõem uma cronologia da Criação: GÊNESE, OS ELEMENTOS, AS CRIATURAS, O MUNDO e O RETORNO.

GÊNESE trata do *Nada* que a tudo precede; do *Verbo* que o sucede como manifestação primordial; das *Fusões e Metamorfoses* no plano e estado ainda informe das coisas, e da *Desmemória* que acomete o que é criado e o desconecta da origem.

Configurada a forma, seguem-se OS ELEMENTOS: a *Água*, o *Ar*, o *Fogo* e a *Terra*.

Surgem AS CRIATURAS, o mais extenso e complexo entre os conjuntos. Parte de uma definição dos *Corpos*, que se mostram *Despidos*; depois unidos carnalmente como *Amantes*; unidos perante a lei e a sociedade em *Casamentos*; constituídos em *Famílias*; gerando *Crianças*; repartindo espaço e destino com os *Animais*; vagando e povoando o mundo como *Andarilhos*; penando a pobreza e a solidão como *Excluídos*; rebelando-se contra tal ordem de coisas como *Revoltosos*; batendo-se em lutas mortais como *Gladiadores*; tratando de escapar à fúria dos vencedores como *Fugitivos*. Os corpos são *Feridos* e cobrem-se de cicatrizes; recuperam-se ou não como *Convalescentes*, e colocam-se à parte do mundo e das coisas, viventes de outro plano, como *Artistas*.

O MUNDO em que vivem essas criaturas tem uma *Geografia*, onde pela primeira vez os lugares são nomeados; tem *Horizontes* ante os quais as criaturas se se põem contemplativas, ≥ tem uma flora, com *Plantas* a contracenar como protagonistas; tem *Reflexos* especulares e fotográficos que o reproduzem; e tem um *Sistema* aqui muito específico — de serviços.

O RETORNO é entrópico, o fim do universo e a volta à origem que a desmemória perdeu; está expresso nos *Mortos* e, enfim, nos *Deuses*.

Gênese

O NADA

NADAS

Tecido penumbroso

Como posso sofrer porque as coisas pararam? Elas andavam tão estouvadas! Por que não deixá-las dormir agora um pouco? Tudo se aquietou, é noite, o mundo vive pra dentro, cegando-se ao sol do sonho. Preciso um pouco desse conteúdo inóspito, ermo como um quase-nada. Não, não é morte, é uma espécie de lacuna essencial, sem a aparência eterna do mármore ou, por outro lado, sem as inscrições carcomidas. Pode-se respirar também na contravida. Depois então a gente volta para o velho ritmo; aí já não nos reconheceremos ao espelho explícito, tamanha a qualidade desse tecido penumbroso que provamos.

Quimeras

Se tudo viesse dali, daquele ponto ínfimo, situado entre a esquerda da mesa e a borda do braço da poltrona, daquele ponto em que ninguém estava em condições de observar afora ela, aquela criança de cabelos suados na nuca, fruto da mente de algum sonso cidadão que por ali passara para entregar os papéis que o inscreveriam no concurso... Se tudo viesse dali, com certeza teríamos mais sossego, estaríamos enfim contando alguma história para a criança que via nesse ponto ínfimo, entre a mesa e a poltrona, uma nervura luminosa, se bem que fugidia, no ponto de se apagar... Se tudo viesse dali, dali, daquela nesga de nada sempre rebrilhando, eu poderia muito bem não ter vindo até esse endereço para me inscrever num tal concurso — cujo vencedor não terá nada a ganhar.

Ele

Havia um rudimento qualquer puxando o seu ânimo, algo entre poeira e, quem sabe, sal. Rua após rua. Tão extremada a sua situação, que ele dependia agora só dessa porção mínima, invisível mesmo, que ia como que lhe tangendo a difusa intenção de prosseguir, até que encontrasse o que ainda não sabia dizer. Talvez logo ali, ao atravessar a avenida e dar mais cinco ou seis passadas decididas. Ou não, apenas esse avanço granulado, cantarolante, para que ninguém notasse que ele era pura hesitação, suposição de nada, enfim, hospedeiro desse fruto escuro cujo sumo saturado já lhe escorria por todos os orifícios. Ali, naquela esquina ventosa, quase irreal de tão parelha com o seu estado submerso, aquém do mundo e de todas as promessas que ele jamais conseguira ocupar...

NINGUÉNS

Ninguém

Havia um olhar sem dono flutuando entre os móveis e o lustre... entre os quadros e o pó que uma faixa de sol alumiava. De fato, havia por ali um olhar submerso, meio entorpecido talvez por uma preciosa compaixão de tudo e nada, invisível por entre pupilas esfuziantes, diria que espumantes. Esse olhar parecia uma inseminação atávica naquela reunião de ilustres. Dominado por seu apelo vago, entrei no banheiro para lavar as mãos, não sei... como que para selar o surto de exclusão que me acendia. Vi um corpo a se banhar atrás da cortina. "Quem é?", escutei. Balbuciei: "Ninguém." E fui me esgueirando para a porta de serviço.

Na correnteza

Na estação de superfície, o velho ronca. A criança corre, quase despenca sobre os trilhos. A nuvem se desfaz na placa espelhada. Um pouco como a própria estação que, num repente, despe-se de si mesma, dando lugar à sua outra face: a de uma gata na areia, em seu deleite queixoso. Quem olha tais mutações? E esse alguém se altera ao presenciar a estranha alteração? É um homem em roupa de serviço... Ao entrar na casa lotérica, assopra um punhado de cabelo (mecha que, tangida pelo vento, cobriu-lhe um olho, colando-se ao lábio salivoso). Estou parado, olhando-o andar pela calçada pontilhada — eu, com tanto o que fazer na tarde! Serei seu guia, matador ou cúmplice? A partir dali serei ninguém — e sem demora! Sim, a 20 passos daqui, naquele cruzamento...

O homem vago

Bateram na porta. Abri. Ninguém. Alguém a me assustar. Depois não sei mais o que fiz. Se voltei ao ponto anterior, se inventei outra ocupação, ou se apenas percebi que o dia chegava ao seu limite e que só me restava ir para a cama, dormir. Ir à janela e escutar o farfalho não era bem um consolo, mas me sintonizava com o outro lado da voz, compreende? Enquanto tirava a camisa ouvi um assobio a se apagar. "Ditirambo!" Sim, escutei uma palavra em brasa. Agora, um dia claro. Faltava saber se o claro da manhã ou da tarde. Isso nem mesmo os doutores da luz tentaram adivinhar.

Zé na margem

Ficava gemendo na beira do rio. Um gemido que só ele próprio ouvia, se tanto. "Por quê?", indagariam se pudessem escutar. Mas ninguém perguntava nada àquele homem que ordenhava no escuro do estábulo. E que lá mesmo dormia. Para ele, gemer nas margens da correnteza era tão natural quanto olhar a igreja na praça. Via pessoas limpando, varrendo. Pareciam querer espelhar os ambientes no prateado do rio. Entrou na água como se procurasse interromper a mania de olhar. Veio uma coisa mais pesada do que nuvem. A pálpebra da Lua. Que desceu.

O VERBO

PALAVRAS

Fosso do som

Ele caminhava pelo campo. Na iminência da explosão de uma palavra. Que ele não queria que se desse entre aquela relva alta, ruiva de calor. Precisava chegar à tapera. Ali daria enfim passagem à coisa que lhe forçava a mandíbula, tentando ser pronunciada de uma vez. Ao entrar, percebeu que a voz não era a dele. Uma percussão, quem sabe, com o seu oco ainda em formação. Procurando o cavo, o mais grave pendor. Deitou na esteira. Ouviu o violino do irmão, na mata, atraindo certa lembrança impossível, aquela, afogada no fosso do som...

Erosão

Se eu falasse, viria uma palavra desossada que jogaria no teu colo. Me confinarias? Certo, naquela extremidade que eu costumava vislumbrar quando estranhavas o tom do que eu andava dizendo ou mais que o tom, a própria coisa que me vinha à fala, feito agora, assim... O que te assustava era o meu entusiasmo intransitivo atropelando qualquer ponderação. Ou a lembrança vazando do meu fio condutor. Pingava até sobre a nossa refeição. Quis me recompor desses fatos que não deixavam rastro, que não me esclareciam. Enfiei tudo na mala. Sem partir. Só fiquei me faltando à beira do meio-fio. Como quem perde a hora e junto o caminho de casa... Num ônibus, uma garotada interiorana em excursão me abanava em gritaria. Fingi beber a euforia dos súditos da capital.

Línguas

Sua voz não parece mais legível. Ontem pediu um copo d'água à filha. Ela lhe trouxe a foto de uma mulher meio esquiva. Tirada quando ele trabalhava de garçom na Califórnia. Vieram-lhe fiapos da mexicana. Ainda conseguia se lembrar da noite em que, entre o inglês, o espanhol e o português, as palavras começaram a lhe faltar. A mexicana disse que o mesmo ocorria com um irmão.

Que eram tantas as palavras, de tão diferentes fontes e sabores, que concentravam em si tamanha quantidade de matizes e sentidos, que alguns como eles dois já não conseguiam guardá-las. Que estes, ao chegarem numa idade, só sabiam apresentar um arrazoado de sons impenetráveis à volúpia comum do entendimento. "E assim é", ela suspirou mirando os pés descalços.

Voragem

"Senhores, senhoras, meus compadres, meus irmãos..." De onde saíra esse preâmbulo? Que curso seguiria? Ele só sabia que estava ali, atrás da mesa larga, diante de um auditório vazio. Convite desfeito? Uma história incompleta? Não sabia, apenas repetia aquele cumprimento dirigido a fantasmas. E que nessas alturas quase o fazia adormecer, tamanha a dose hipnótica desse solfejo sem nenhum poder de intervenção. Olhou as mãos. Sim, seguravam folhas. Brancas. De onde viria sua palavra, se ela realmente fosse obrigatória ali? Serviria a um brado de resistência? A uma louvação? Ou apenas a um agradecimento, sofrido, derradeiro, hein? Num átimo, ruídos espalhafatosos se lançaram pelo salão. Numa fração de segundo, o auditório lotou, gente sentada no chão.

Ícaro

Conseguirei transpor aquele dia em que me atolei? Como seguir se não dá pra sair daquele instante inflexível feito rocha? A força que me levava à expressão tinha sumido em algum ralo do cérebro, qualquer coisa assim. Não que eu emudecesse, mas a coisa que me vinha aos lábios desviava seu curso sem aviso, passando a viver uma correnteza sem nítida nascente ou franca direção. Ao se encarnarem no meu sopro, as palavras eram impelidas a saltar no escuro. Eu resmungava no acostamento, em pane. Conseguirei transpor aquele dia, me pergunto, se ainda estou imerso nele, sem saber como tirar os pés da lama para enfim voar? Vem vindo alguém na estrada. Talvez me leve para um outro dia e lá me deixe em liberdade para saber se posso, se posso me lembrar...

Miragens

Ele me seguia. Não era um perseguidor dos desocupados. Não, não se tratava desses que vão no encalço dos que costumam sair por aí tirando uma força do descaso, outra das artérias... Ele me seguia para farejar na moita a "andeja rotina" do meu "ofício encoberto". Precisava ilustrar o que as rodas de excedentes identificavam como "verve furtiva da vadiagem". Escrevia

"Arcos de Ascese", livro sobre "surdas dissidências, em apenas sete curtas rondas". No parque Farroupilha, vi sua mancha entre ramagens. Deitei na grama. "A estátua que me escondia/ por pouco não se vertia/ por seu cântaro quebrado." Ouvia no radinho: "Vencer as horas/ e com tal melancolia/ é façanha de arenosa sudorese." Quem cantava já não lembro. Lembro de uns olhos fixos, calados...

Beijo na seda

Ela estava ali, à procura de uma cadeira para comprar, rondando como sempre meio tonta em busca do utensílio que a pudesse remediar a tempo, mesmo que não soubesse exatamente o que significava ser remediada a tempo — aliás, as palavras iam perdendo pouco a pouco a transparência que seu pai recomendava: "A frase deve assoprar a névoa que confunde para que possa haver verdadeiro alívio à noite: a cabeça enfim no travesseiro, já quase divorciada do verbo, até que a claridade traga mais uma vez as sílabas, essas operárias das ideias, transações, freios". Num súbito, ela se sentou. De surpresa, beijou o forro adamascado do espaldar como se ela fosse um instinto sem a capa da epiderme, pura flora de nervos, voraz. Uma criança a observava com tenacidade. Feliz...

Nomes

Adão

"Resguardo", palavra vetusta. Verdadeiros camafeus a recebem, figuras fora do alcance de qualquer viva vibração. Ela estava agora fora do alcance até de si mesma, já era substância de uma outra, alguém que de fato nunca vira em seus embalos, flutuações, transtornos. Deitada no tapete, feito roupa despida, sem sustentar por mais de alguns segundos alguma consciência de si ou do entorno. Já no seu terceiro dia de abandono. Batem à porta, ela não ouve. Soletram bem alto seu nome, suplicam. Em vão. Até que num ímpeto retorna a seu antigo pesadelo e diz: "Vou atender, vou sim, é minha viciada missão..." Levanta-se com esforço, tateia. Ela abre a porta. Olhem ali: a figura que abre atendendo aos chamados: é um homem, estritamente um. Chama-se Adão.

Foz

"Ana!", eu chamava. Ela vinha até o muro, sem ao menos perguntar: "O que é?" Permanecia calada, naquela espécie de antevéspera imprecisa, permanente.

Eu me fingia de cego, tateava, balbuciava o nome: "Ana!" Mas não emitia mensagens, delas carecia. Só o nome sussurrado. Ela ficava como que à espera de que um dia eu pudesse extraí-la inteira do nome. Não esqueço a noite em que me levaram para o quartel e me prenderam. Na solitária, pensei no nome, "Ana", mas o que saiu foi pura e simplesmente uma voz que eu próprio não reconheci. Vibrava com tal intensidade através de mim, que logo compreendi que a minha fala, ali, se fala houvesse, não era bem minha, vinha de uma fonte que me fazia sacudir as grades, com fúria, como se a quisesse justamente violar.

Passeio de domingo

"Seu Vaz", chamei. O homem virou-se. Falei que tinha me enganado. Apressei o passo. "Seu Vaz!" Um outro se virou: menos velho, mais corpulento. Desculpei-me pela confusão. Entrei numa farmácia, fiquei um tempão sobre a balança, não como quem não acredita no seu peso e se perpetua na perplexidade, não, mas feito um cara a devanear sobre seu destino imediato, tipo "e agora, como se capitanear?" "Seu Vaz!", balbuciei, enquanto a fila atrás de mim se fazia ouvir. Desci com ar pimpão. Seu Vaz reaparecia, ali. Sabia que ele me tiraria do ar até o próximo domingo. Quando eu voltaria a clamar pelo seu nome a tarde toda, até a hora de voltar. No ônibus, arrotei o ovo em conserva que começava a se expressar. Com o ovo vinha uma risada que consegui travar...

A conquista

Ah, era tanto, e Zé em tão pouco. Se começasse cedo, antes do sol, talvez pudesse dar conta de um mínimo até o fim da tarde. Mas não, até que acordasse, conseguisse levantar, abrir o chuveiro e se dispor a conquistar a urgência da manhã... Queria, sim, o que o vizinho de corredor acolhia a cada despertar feito um ultimato sabe-se lá de onde, até voltar à noite ao seu abrigo, o apartamento ao lado, com a carne moída para os gatos, todos em volta dele, rabo em pé, miando como no final dos tempos. Ah, era tanto, e Zé em tão pouco. Sentou-se na cama um pouco excitado, como se tivesse toda a duração do mundo para se distrair com sexo. Mas agora decidiu, desceu correndo as escadas. E diante do porteiro perguntou, perguntou o quê?, ah, "Que dia é, hein?".

Orlas

Parou diante de uma água pingando — sem nada enxergar na noite encoberta. Era só pelo ouvido que percebia as gotas caindo. Pensou até em cegueira repentina, mas nisso não se fixou, preferindo soletrar seu nome, ou melhor, um outro que vinha repetindo havia dias, pelo belo prazer de ter a boca ocupada com uma coisa que não ancorava de chofre num sentido: pura passagem de ar, que ele às vezes abortava mordendo, mastigando, engolindo, devolvendo pela boca aos pedacinhos — aos pedacinhos ele ainda falava no clarear do dia, enquanto a gota já longe silenciava... Silenciava dissolvendo-se no nevoeiro que impedia o avião de decolar. Encostado no aramado do aeroporto, ele tocava no limite, repetindo um nome que não era bem o seu, e sem parar...

Aula de natação

O garoto levava seu calção dentro de uma toalha bem enrolada. Na época, um sinal de que ia para a piscina do clube onde muitas crianças gostariam de entrar. Um imprevisto, naquela tarde. Nas bordas da piscina, viu que o professor de natação continuava de roupa, sapato. Sentado numa cadeira branca, não parecia desejar sair dali. Parecia instalado num certo aconchego, digamos, imemorial. Completamente desatualizado diante de tudo, ainda mais em face daquele clube cheio de assobios, enxames de pequenas ânsias, laivos de traições. O garoto recuou. Fez questão de ignorar a presença do professor. Entrou no vestiário. Pôs a roupa, o sapato. Ao sair, não pôde deixar de perceber que o professor estava prestes a gritar. Olhou para o sol. Cegando-se, ouviu.

45 • *mínimos, múltiplos, comuns*

GRITOS

Então gritei

Havia um gancho qualquer que me fazia persistir. Que gancho era esse? Sei que eu estava ali, sentado numa posição de iogue na falta de outra melhor. Ali, de costas para o meu passado, cobiçando o mar a poucos passos, ou nem isso. Apenas me deixando ficar sem rodeios, premeditações, só na esteira do instante. Depois eu voltaria, tentaria fazer os cálculos do quanto daquilo em volta aguentaria sem socorro. Então gritei, me levantei. O cão pôs-se a latir sua fúria para a tarde. E mergulhei o braço n'água, retirando pouco a pouco o gesso que o escondia.

Comoção

A mão que acordou ao agarrar o despertador, como se o quisesse estrangular, não sei, parecia não ser minha, nem de ninguém, aliás. Era como se uma ferramenta, digamos, anterior a mim. Sem banho ou café, peguei um ônibus e fui. Não sabia se a minha visita era caso de ilusão, vergonha ou desatino. Ou tudo num embrulho só. Sei que, sentada na poltrona puída, esperando ele abrir a porta para a consulta, eu sentia esse embrulho no estômago. Lá dentro tirei a roupa. Ele me examinava. Ao chegar no entanto ao ponto crucial, ao momento enfim em que ele não poderia evocar mais nenhuma condição de saúde ou coisa parecida, ao chegar aí, um grito de mulher rasgou o bairro, provocando um sulco tortuoso na vidraça. Engoli com esforço um certo seco hirto, até sentir meu coração se acomodar, partido.

Bruto!

"Compadre!" Quando via sua fúria se preparando, eu era capaz de falar assim. Aí, seus olhos a sair das órbitas recuavam para um sono súbito. Eu arrastava o corpo, colocava-o no sofá-cama cada dia mais surrado e mambembe, quase a despencar com o peso. Um dia peguei o telefone, pedi que me levassem. Quando saí ele parecia mareado. "Compadre!", gritei, e as saraivadas do meu grito ricocheteavam pelo corredor e acabavam me acertando. Ah, o porteiro, era a ele que eu devia explicações. Mas apaguei. Não queira mais, já disse que apaguei.

Fusões e Metamorfoses

Os Mimetizados

Fusão

Ele estava ali, querendo reconstituir o dia em que o jato irrompera do solo, molhando seus pés com um conteúdo escuro que não era da cor do petróleo que vira jorrar no filme "Assim Caminha a Humanidade", ainda criança, sentado na ponta da cadeira, em quase exultação. Ele aspirava a rever aquela imagem líquida, à primeira vista avermelhada, movida por uma força que vinha das vísceras do mundo e que lhe encharcara não só os pés, mas mais — do corpo todo escorria a súbita cor de tijolo. Lama sem o poder de o enriquecer ou agigantar. Ele estava ali, querendo reavivar a memória desse fato ou, mais que isso, o próprio fato, sim!, pois que este ressurgia agora como um verdadeiro touro. Cobria-o inteiro com o líquido que dessa vez parecia dissolvê-lo no barro da fronteira.

Vigília

Se ele quisesse, ela deixaria de ser quem era para se decompor em partículas luminosas sobre a areia. Que viesse pisá-la; não em uma, mas em mil. Tudo muito bobo, quase a ponto de dissolvê-la como ela própria pedia em seu delírio. Daí sua satisfação, sentada no café, sozinha, reavivando não um grande amor, mas um frenesi intransitivo, que não sabia explicar. Por quem seria capaz de se dissolver em pontos faiscantes, hein? Isso, de fato, não sabia nem queria supor. Via apenas a palmos do nariz: cubos de gelo no suco... Já nem lembrava a fruta daquele esverdeado. Sabia que a pedra de gelo que colocara disfarçadamente sob o decote escorregava pelo corpo, deixando rastro de ardência que um surdo gemido curou. Pediu a conta e nunca mais voltou.

Amazônico

Pouco dessa experiência se exteriorizava. Quando muito o despertava para uma consciência em meio tom, parcial. Rolava pela cama para fazer frente ao que ia desabrochar de dentro dele: um elã como que a transbordá-lo do seu íntimo, fundindo-o com o que até então não era de seu campo — algo com maiores consequências do que uma vaga comoção. Erguendo-se, estalava a língua para minorar o acontecido, se é que alguma coisa acontecera para além da reverberação de algum sonho ou, na pior das hipóteses, de algum severo pesadelo. Olhava os lençóis revoltos: num certo ponto, parecia haver um núcleo de onde saía todo o torvelinho. O sol dominava o gato. Acompanhou o bocejo do bicho. Mas precisava se lavar e ir para o trabalho, sem demora...

Húmus

Sentou-se no café sabendo-se suspeito em seu isolamento. Se lhe aflorasse um sorriso cortês, não mediriam uma resposta arisca, o luto manifesto pelo que ele costumava ser. Como se dissessem: "Sempre essa ausência entre nós." Mais uma vez voltou para casa na falta de uma âncora plausível. Tocou instintivamente na têmpora e viu que dali vinha vindo um musgo. E um alívio. Olhou ao redor. Os seus iguais — plantas, árvores — pareciam extenuados. Tinham velado a alucinação dele até ali, antes de cessar qualquer suplício na mata.

Quieta duração

Era preciso reter a lassidão para que a comunicação pudesse se fazer. Pele oleosa, estava debaixo da árvore, a cigarra anunciando os meses de verão, e só contava com uma ideia: achava-se no reino do indistinto, desabotoado após o almoço, no bojo da luz da primavera, e assim queria ficar. De si como que desciam filamentos ao encontro do capim, da terra. Se alguém o chamasse da porta da cozinha para o café, ele não saberia naquele instante erguer o corpo e dizer: "Já vou." Emitir um juízo, expressar uma aquiescência ou uma dissensão, não importa, tudo isso exigia apoderar-se de seu próprio contorno e evadir-se em sua magra dimensão. Então, sim, chegaria e diria que o café poderia estar mais forte ou que estava esplêndido. Mas ninguém o chamou. E ele ali permaneceu, assim...

Hora marcada

Falei, "tem um fio desencapado aqui dentro". Ele pediu que eu o olhasse. Eu disse que podia fitá-lo quando não estivesse falando, mas, se fosse contar do fio desencapado que atravessava o meu cérebro, precisava olhar pela janela, pois não havia como associar à minha voz a mirada em sua direção. Ele se franziu para entender, fazer as relações possíveis, concatenar ideias, costurar a a síntese que eu levaria comigo feito talismã. Levantei-me, sentei a seus pés. Dócil cão... Ele alisou uns pelos súbitos no meu ombro! Que memória glacial trazia esses pelos assim tão abundantes, me fazendo encarnar na penumbra uma verdadeira espécie polar? Bati irado a cabeça no braço da cadeira. Logo vi o sangue na neve. E uns rastros gigantescos. Pus-me a rosnar...

Sarça ardente

Falavam de coisas que aconteciam no feno do estábulo. Faz tanto tempo!, já não lembro bem... Eu ainda não tinha força para abrir a porta daquela construção onde os animais pareciam se expressar em bojudas, orgulhosas reticências. Pois por uma fresta uma vez entrei ali, e tudo lá dentro era um cheiro que produzia em mim, digamos, umas bolhas no raciocínio — ideias desidratadas no meio daquela umidade prenha. Joguei-me no feno. Nele encontrei a sombra morna, que foi extraindo do meu susto o soluço e não só, um outro também dali saía, um homem pronto, muito diferente do que meu corpo poderia supor até ali.

Os petrificados

Missões

Ele estava indo conhecer as Missões, no interior do Rio Grande. Entre as ruínas viu-se repentinamente excitado. Crepúsculo. Ninguém. Excitado, misteriosamente, pois não era dado a arroubos carnais à sombra de patrimônios da humanidade, em meio ao campo e devaneando por temas monumentais. Estava ali, e lhe irrompera uma ardência. Para se refluir pôs-se loucamente a entoar um hino sacro, mesmo acreditando-se ateu. E viu ser tarde demais para abafar a dormência que seu gogó mandava para as têmporas. Caiu na relva. E foi se desfazendo, devagarinho... até virar caroço que nem fóssil.

Estátuas

Uma pessoa azulada veio a mim e disse que não estava bem. Eu mentiria se falasse que me senti incomodado por se tratar de um completo desconhecido. Pois foi justamente daí que tirei o ânimo para sustentar o encontro. Poderia escolher, tranquilo, entre o sim e o não. Se virasse a cara e apressasse o passo, não me sentiria em desconforto por fugir de um inoportuno em desamparo. Folgadamente livre para decidir, como se essa condição fosse o meu conteúdo suficiente para aquele dia. Então fiquei e perguntei a razão de sua cor azulada, seu olhar mortificado, sua púrpura imaginação engalfinhando-se com céleres fantasmas. Tudo assim, duvidosamente antigo. A pessoa então tocou-me no braço. Era fria, de uma mudez marmórea. Então postei-me como uma estátua. E assim fiquei.

Os volatizados

Corpo no chão

Alguém prostrado numa furtiva viela. A cara voltada para o solo, braços em cruz... Por que essa imagem o assaltava com tamanha assiduidade? Talvez o aliviasse daquela sina espinhosa de definir. No esforço de esboçá-la, o pensamento se encolhia bruscamente, parecia que tocado em algum nervo. E se apagava por alguns segundos. Ele entrou numa ruela de raros transeuntes. E se prostrou na laje. Diácono sem doutrina ou remissão. A própria voragem em se precipitar ao encontro do chão arrebatou-o dali. E ele simplesmente desapareceu.

Afã

"Sou primo daquele ali." Ela disse que não se parecia comigo. "É mais bonito, anda com mais ginga..." Segurei seu braço e a beijei pra ela saber quem era de fato o modelo de sua descrição. Ao me afastar vi que eu beijava qualquer coisa de perecível, não bem um corpo, de pele apenas um matiz rosado que logo vi ser transparente, deixando minha mão passar por sua aparição, se aparição pudesse chamar aquele engodo que me fazia suspirar, mais nada. Um ônibus passava, fiz sinal tardio e perfurei com o olhar as minhas botinas, surpreendendo uns pés envergonhados. Eu ia agora ao zoológico, para sacudir com energia as grades e ouvir urros em resposta! Os vigias então deixavam de rondar, sentavam, como se seguindo apenas suas ondas cerebrais...

Os camaleônicos

A sessão

O homem cheirando a pastel pergunta o horário da sessão. Olha os cartazes. Um filme sem pessoas. Manchas fazem os personagens. Alguns borrões parecem se beijar. Outros, lutar. Pergunta de novo o horário. Sua memória hoje apropria-se sozinha e sovina dos registros. Ele vê que a moça da bilheteria já não passa também de mancha informe. Aliás, tudo. As mãos dele lembram cortinas se desfazendo em teias. A nota de dinheiro, verdadeira enguia. No cinema, ele percebe. Participa pela primeira vez do enredo de um filme. Seu braço esverdeado funde-se a outro, violeta.

Cinemascope

O homem chega pacientemente a uma praia no extremo sul do Brasil. Reta, sem serra à vista. Ensolarada, estamos em dezembro. Mas ventosa, sempre. A cor da faixa de areia cada vez mais depurada, pois venta, não muito, mas venta, eu repito, venta com rara fluência, na batida exata do verão. Dizia que o homem chegava pacientemente ao cenário. Vazio de banhistas. Primeiro abre a cadeira de praia. Depois, lentamente, o guarda-sol. E quando senta e olha o mar escuro e poderoso, ele não passa de uma pincelada tremulante. Já quase submersa no vasto céu da paisagem.

A DESMEMÓRIA

Os esquecidos

Café

Como se chamava a sensação fluida de todo final de tarde? O sopro escorrendo pelo estômago sem desenlace seguro, o que era? Estava sentado num café, absorto nesse laivo de instante. E isso lhe deixaria aquele sumidouro de lembrança cada vez mais distante de uma nascente precisa. Como se pegasse o gozo fininho já em curso, pronto para ultrapassá-lo. Pediu o café de sempre Arrependeu-se, sumiu sorrateiro. Na rua parou, olhou uma camisa na vitrina. Em sua cabeça apareceu o garçom trazendo o pedido. Verificando a sua ausência, atônito.

Toalha branca

Fazia um esforço diário para nada. Se ao menos soubesse o nome desse esforço, sua direção, destino. E cansava, isso sim acontecia com todas as letras. Havia uma toalha branca à sua espera. Ao fim do dia ele chegava, nem lembrava de onde. Aí secava o suor. Qual um trapezista de novo no chão. A comparação lhe vinha como um rumor envenenado. Coisas do ofício. "Que ofício?", perguntou-se agitado. E a parda solução da dúvida como que se moveu, ali... Mas logo encolheu-se avara. Então cheirou a toalha. Dela veio o antigo odor hipnótico, soporífero... e, dessa vez, letal.

Mafuá

Pouco antes da velhice, quando talvez ainda pudesse seduzir alguém por algum detalhe físico, uma entonação, o timbre, nesse momento, aí ele começou a se encolher... Antes que acordasse um dia sem se reconhecer mais nas superfícies das coisas em condições de espelhá-lo. Nítidas ou foscas, não importa. E isso afinal acabou se dando na porta de aço do armário da cozinha. Tomava um café quando de chofre viu-se refletido na placa levemente ondulada: uma imagem nessas alturas, além do senhoril, remida dos horários, uma infância sem a graça, contorno que jamais pensara em ocupar. Levantou-se curvado. Tocou nos traços. Disformes, como os de um espelho de mafuá. A superfície? Anestesiada, já. Saiu pra rua. O porteiro era outro. De onde o conhecia...?

Os perdidos

Fronteiras

Quando na esquina ergui o braço, suspeitei não estar mais no dia que eu dava como certo. Senti uma fisgada a cortar a tarde pelo meio, a tarde agora em completo desalinho, sem face definida, ora me deixando como que solto do quadro, ora me integrando tanto a tudo que eu me lançava em instintivas braçadas, tentando uma evasão. Parou um táxi. Entrei. Não consegui indicar o rumo ao motorista. Falei apenas que me levasse. Que no caminho eu lembraria. E ele foi me levando muito lentamente, meio curvado, olhos comprimidos, como se estivéssemos a ponto de ultrapassar uma linha delicada, sim... uma fronteira...

Folia no limbo

Não havia explicação para o quadro súbito. Seus pés na bacia d'água, um quarto talvez de hotel, o banco com assento de palha... E, claro, o pendor para as coisas se conservarem assim. Ele tentou falar com o desenho de uma opulenta mulher negra que jazia misteriosamente sobre a mesa. Saiu-lhe um idioma áspero, inacessível até para ele, brutal. Tentou se masturbar, fazer a vida andar. Nada... Esfregou as mãos, abriu a porta. Um gigantesco galpão, como se um estúdio de gravações. No chão, um adereço prateado refletia um homem loiro que ele não reconheceu...

Vaga

Ela acordou numa enfermaria. Não sentia nada. Sentou na cama sem nenhum esforço. Nenhum enfermeiro por perto. Nos outros leitos, os doentes, absortos em suas dores, não dispunham de qualquer pausa para nela reparar. Só de calcinha, viu logo sua roupa estendida na cadeira. Vestiu-a calmamente. As sandálias embaixo da cama. Trouxe-as com o pé para mais perto. Calçou-as para seguir entre os leitos, alcançar a porta lá no fim e sair. Vagou com uma quietude desconhecida até ali. Sem a palpitação que seria de se esperar naquela situação. Quando chegou à calçada, observou que continuava incógnita, sim, até para ela mesma. Despida de pistas. Desse jeito, não tinha direção. E viu que assim estava bem. Daria um tempo para tudo — por que não?

Abandonado

Os sapatos, a calça, a camisa surrada. Talvez não tivesse mais nada. Ah, o radinho, as velhas cantatas na mesma estação. Então, antes de se vestir, antes de o coral entrar na súplica, ele pensou que precisava fazer alguma coisa além daquilo. Mas o que, se a sua história como que se concluíra durante a tarde, assim? Tinha feito sexo, não lembrava mais com quem. Depois o banho, não sabia mais. Estava na hora sim de encarar o seu despejo do imóvel e andar até ali — onde o dia expiraria qual aquela criança caindo no sono, abandonada...

Alheio

Devia saber a razão de eu entrar com aqueles caras num quintal cheio de cachorros e galinhas, em pleno centro da cidade. Mas, te juro, não tinha a mais pálida ideia do que ia se dar ali. Eram tantas vozes de homem, sobranceiras, como se soubessem muito bem de seus assuntos ou mesmo mais, e eu ia me ausentando, ouvindo de longe, sem dar um único passo para fora do quintal cheio de peças de carro soltas, com aqueles homens que não paravam de falar altaneiros acerca das coisas sérias que teriam de aprontar. Desse dia em diante resolvi não participar mais da jogada. Era eu ou eles. Senti que era eu, sem mais saída. Tinha de decidir por outras companhias que não estavam assim à vista, pelo menos por ali... Entrei no banheiro imundo e sentei só para chorar.

Furto

Passava mal e mal das três, isso ele verificava pela luz do sol na ventania, e de dentro dele vinha um compasso não de imprecisão, mas de um certo aguardo, antes que pudesse puxar de si o passo que daria margem a outro e ao próximo. Por que estava ali parado, qual uma estátua perdida no meio da calçada? Se pegasse nas filigranas de ferro sobre o muro, com certeza queimaria a mão nas bolhas de ferrugem. Anteviu uns olhos cobertos pela sesta atrás das venezianas. Uma cigarra aferrava-se à promessa de verão. Sentiu o primeiro fio de suor. Adivinhou o valor da sombra, ali. Ah, mas tudo se desidealizava. Correu então para o ônibus que partia. Quando desceu no fim da linha, viu que lhe faltavam o relógio e a vibração necessária para subir as escadas, tocar a campainha e entrar, ali...

Fulminante

"A vizinha, sabe? O porteiro foi lhe entregar o jornal queixando-se de um mau jeito no pulso. Sentaram no sofá. Ela passou no local uma pomada — o rapaz deitando o corte zero no colo da moça, dizem que mordendo de dor a barra de seu penhoar." Conta o homem da quitanda. Pede para a filha cuidar do balcão. Puxa-me até a cozinha, lá atrás. Tanta coisa!: frituras que sua mulher me instiga a provar; porteiro fanho lamuriando-se entre as frutas na calçada; solo manjado de guitarra por perto... Sem mais!, silêncio e breu... Dou pela falta de tudo. O velho zunido no ouvido parece resistir. Não? Nem ele? O luar também não? Olha... "E você aí, quem é? Você, sim; quem mais haveria de ser?", penso em perguntar a seco, até sacar o tamanho da enrascada. Pois cadê a voz?

Os achados

O jardim

Na avenida Farrapos, entre casas de autopeças, perguntei a alguns o nome, sim, que me faltava. Vi uma criança de batom; no lábio superior, as duas ondas do coração. Ela sorriu, a porteira frontal anunciando a nova dentição. "E eu, o que precisava perguntar mesmo?", indaguei com a boca cheia do bolo que ia comendo sem parar. Desisti da questão, pondo um pé diante do outro, em cadência eclesiástica — cortejo solitário até a praça onde costumava sestear. Farelos me condecoravam. Comecei a me balançar pra frente e pra trás, sedando a omissão do nome com o qual poderiam me chamar — assim nesse compasso, ó!, até cair de joelhos no cascalho e lembrar, já quase fora de mim, que o nome estava no bolso da calça, com a letra feia do meu pai.

Pacto

Ele precisava se explicar. Telefonaria, tentaria marcar um encontro. Só não lembrava mais para quem telefonar, com quem marcar o encontro, para quem deveria se explicar. Sabia com uma convicção cega que isso deveria ser feito. No mais tardar, amanhã. Ao recuperar o nome, sopraria alguma densidade a seu portador. "Ah, se pudesse..." E só contaria com uma luz de vela. À noite, as vozes vinham com uma latência para significar mais depois de silenciadas. Ficavam sob as pregas do vácuo, chocando sua permanência até o amanhecer. Debaixo do lençol, a cabeça coberta, achou o nome, enfim... Marca o encontro. O outro não aparece. Encosta o dedo na chama, geme. Apaga-a. No breu, alguém desfere o golpe. Um baque abafado, um só gemido.

O alvo do dia

Ele continuaria a esperar pela dama que lhe prometera não lembrava bem o quê, um filho talvez. Estava na esquina deserta, com um palito entre os dentes. Examinava agora a lembrança de um envelope passando por debaixo da porta. Sua mão tremia na fresta. Era o próprio compasso de armar a intriga. Mas a cabeça refaz a dama cujo nome lhe foge. Disfarça essa aspiração já dilapidada. Cheira a rua em torno. Qual um cachorro sondando o lugar onde se esvaziará. Prepara-se. Deixa a labirintite passar. Aí se alivia. E acerta o alvo ao pé do poste.

Os elementos

ÁGUA

ÁGUAS

Água

Perdi-me na mata. Encontrei macacos, gatos silvestres, laivos de feras. De repente, uma trilha. Adiante uma tapera. Ó de casa, bato palmas. Da porta surge uma mulher. Por favor, eu digo. Sim, ela responde. E arrisca: Sede? É, é isso, respondo cheio de vontade de um copo d'água. É o que em segundos tenho. Bebo a água me pingando todo pelo peito. Um refrigério que meu pai exibia aos domingos. É verão?, pergunto. Aqui sempre é, ela responde. E agora nada mais que esse silêncio alfinetando alguma coisa parada entre nós dois, ali. Atrás da pedra um lagarto expande seu sono ao infinito.

Ouvir águas

Pombos na praça. Um homem jogava bola, como se retirado num fundo de cenário. Imaginei fosse um domingo. Depois vi mais e mais gente chegando. Certamente um dia útil. Um guri pediu. Fiz um murmúrio vago, não sei se de impaciência, mas logo disse: não tenho, não tenho nada. E de fato não tinha, a não ser que ficasse nu. Uma lagartixa passava por entre pedras num canteiro. O PM rondava. E por trás de tudo um córrego vazava seu lamento. Como assim?, pergunta o companheiro no balcão do café. Não sei, respondo: mas me parece, me parece que dei para ouvir águas...

Águas tensas

Um instante, nem antes nem depois, a princípio passando feito onda fraca logo amortecida pela praia. Um instante que ainda poderia se recuperar dentro de outro, caso não se dissolvesse logo na primeira falha da memória. Num instante assim ele escutou as comportas da represa se abrirem, dando vazão a seu anseio de ligar o rádio para ouvir a entrevista com o irmão-gêmeo, o recruta que partia enfim em missão para o Oriente. Em vez de ligar o rádio, olhou a foto do soldado e se perguntou qual dos dois se escondia atrás daquela semelhança para fugir das águas estrangeiras. Ali, bem perto, outras águas começavam a inundar... Montou na bicicleta e se foi, antes que o caminho viesse a lhe faltar. Na curva, a flor carnívora se fechou, como se engolindo certeira aquela fuga veloz...

A gruta

O homem entrou no boteco e se sentou. Fugia de uma tontura que o atacara na esquina. Viu a porta do recinto e no meio do seu anuviamento lhe passou a imagem de uma caverna escura e úmida por onde ele entrava encharcado de suor. Agora o rapaz ali lhe perguntava o que queria. O homem ouvia apenas o pingar de uma água insistente que vinha do fundo da gruta. O rapaz perguntou pela segunda vez. Aí sim o homem escutou a voz de alguém. Mas essa voz parecia vir de muito longe, da fantasia de um moribundo abandonado por qualquer outra voz que não aquela que ele ia fabricando do nada, na sua paralisia cerebral. O rapaz voltou a perguntar. O homem viu que não teria forças para responder. Sentiu a beira de um copo d'água entre os dentes. Puxou um gole. E outro.

O jovem médico

Vinha eu de canoa pelo rio, concentrado em minhas primeiras consultas aos ribeirinhos... vinha disposto nos meus 20 anos, quando vi dois homens a me chamar na margem. A mulher de um deles perdia o ânimo, nem sequer as regras escorriam. Entrei sozinho na tapera. Ela deitada, despida. Contei uma anedota, a das andorinhas. Como sempre, eu ria antes de acabar, meio perturbado talvez com o resíduo lírico do desfecho. Ela toda contagiada desmanchava-se de rir, e tanto!, que seu mênstruo começou a vazar. "Ó, amigos!", assim chamei os homens. Quando os dois viram a mulher reconfortada, enfeixaram-se num estrepitoso abraço.

MARES

Auto do laçador

O estancieiro solitário pediu ao laçador que jogasse suas cinzas no mar. Levar a pé a caixa desses restos pela estrada, com caminhões forçando faróis na sua cara, isso lhe arranca da retina lascas de imagens, como a de uma nódoa a cada instante mais disforme e cínica. Cuspindo, amaldiçoa tais extrações equívocas. Na praia, se dá conta estupefato: "Cadê as cinzas?" Ali, um vulto de porte imperial espera. O laçador aproveita então sua folga repentina: faz reverência; com os braços em cruz, abre o poncho e simula o morcego na caça. O vulto dilata-se, se enaltece todo. E tanto, que se dissipa: vai sumindo aos vômitos. Sua arcada de tártaros salta, cobre dois búzios. O laçador sente o gosto do rímel lacrimoso. Na falta de camarim, limpa-se, sofrivelmente, na marola fria...

A ceia

Súbito, aquilo que lhe renderia todo um livro curvou-se à areia em que ele apenas deveria pisar... Aquilo que deveria se apropriar das páginas, como de um golpe, retraiu-se... "O que houve, Zé?", perguntei-lhe com cuidado, nós dois saindo da padaria com baguetes quentinhas contra o peito, como se precisássemos delas pra seguir para o norte, lá, onde não teríamos mais que cobrir com comentários essas pausas nas quais o pensamento de um engrenava de graça na mente do outro... Ambos saíam da padaria pra comer o pão à beira do mar que norte nenhum deveria supor — mar castanho, pano de fundo daquela amizade quase em relevo sob a lua, quase furta-cor. De longe olhei o pequeno ponto em luz: o melhor de mim fugia nele... E se esvaía pouco a pouco... enfim...

Couro

Se ele dissesse uma palavra, uma que fosse, eu ficaria mais calmo. Mas, não, ele me puxava, puxava pelo braço como se eu tivesse cometido o pior dos crimes e marchasse agora para o patíbulo. Na nossa passagem os cavalos relinchavam, cachorros ladravam, crianças acorriam até a borda da estrada — faces ranhentas, aflitas. Os adultos, esses nos evitavam, mantendo-se atrás das moitas. Quando avistei a praia, entendi de um golpe que eu via tudo do avesso. Pois era um dia de calor, as pessoas se banhavam. Olhei para cima e vi o mesmo homem. Ele apenas pegava a minha mão, como em férias. "Quem é", me perguntei, notando que eu dava na altura do seu cinto, cinto com cenas de rodeio... Aí ele tirou a minha camisa e a dele, e entramos no mar, calados...

Farfalhar da serra

Você beijou minha cicatriz, e eu não queria ir. Preferia o pomar até que o tempo se firmasse e pudesse dar o dourado mortiço do crepúsculo. Lembranças vãs essas, que acabaram sendo a véspera do verão informe aqui. Encostei minha filha no peito: "Vamos para a orla, isso, marola nos pés." Minha cicatriz suspira, mas agora digo que estaremos lá em três dias e que, no mar, baterei três vezes no esôfago um nome latejante qualquer, feito zero, fagulha, dó. Descobrirás o ocluso marulhar na concha: ó, assim é! Depois, um farfalhar da serra aleitará a tarde nua, exemplar.

Rios

Várzea

O velho senta à beira do regato, os pés no veio sussurrante. Ele não conhece ninguém, vem de longe, à procura de um lugar para ficar. Que um cachorro apareça para lhe fazer companhia nas gratas horas de sono — enrodilhados ambos, o animal no centro, o velho ao redor com a inesgotável lã, os dois no mesmo afã de se ausentar... Ali vem o carro, cada vez mais lento, como quem encontra o que estava a procurar. Do carro sai o homem que faz com a mão a aba, preparando a vista para a miragem calculada: põe toda a sua atenção no velho a se refrescar. Quem é o novo personagem? Por que sonda o outro tão de longe? Vê-se que são tomados pela relva... A relva farfalha digerindo os corpos com vísceras sedosas, ah... O cão fareja.

Matias, o pintor

Digo: "Carnaval — todos saem do Porto dos Casais, os restaurantes, bares vão fechar; a quem recorrer se o coração falhar?" Responde Matias: "Por que não uns dias com os nativos da minha aldeia natal?" Fui. "Açude, açucena", entoa a morena que se banha nas águas. Por que já balanço entre voltar às lacunas do Porto ou aqui permanecer, aos pés do Parnaso, falando em redondilha menor, bem menor, a ponto de me calar, hein? Vou me ensaboar com a moça no regato. Ela: "Matias..." Passo a mão nos meus traços: devem ser outros, não os reconheço! Um cão na água lambe meu pescoço como se meu sal há muito o endiabrasse. Custo a acreditar na emboscada. E fico nos folguedos até o enterro dos ossos. Quando Matias chega para me desmascarar...

Órbitas

"Ah, teremos furacões na madrugada; deixem suas casas, famílias, ilusões e venham..." Pois eu me faço de surdo aqui à beira do rio, fingindo que não escuto a voz saindo do radinho da moça — agora já enfurnada no matagal, mas mantendo em bom volume o apocalipse que ela leva ao peito como se lhe desse de mamar, o acalentasse. E eu à beira do rio pareço envelhecer, sim, a vários golpes por minuto. Aqui, relembrando certa companhia que sumiu deixando um bilhetinho assim pequenininho. Eu sempre soube que recordaria essas míseras linhas à beira do rio malcheiroso, mirando as garças digerindo o lanche de entulhos à sombra dos salgueiros. Seus olhos, de tão compenetrados, espelham frutos de rios mais azulados, limpos, transparentes...

Baluarte

Não havia mais o que fazer. Estava ali na ribanceira, anoitecia. Não tinha mais como voltar. Se desse uns passos, ele lembrava muito vagamente, corria o risco de pisar em campo minado, algo assim; pois acontecia de haver campos minados até em países sem guerra como o seu, eram as tais manobras que o Exército vinha fazendo à beira do rio para que não esquecessem — não esquecessem o quê?, ele perguntou e sentou-se como uma criança pequena, as pernas meio dobradas, abertas, as mãos inquietas no ar. Disse um nome misturado a alguma baba. Atônito, viu uma claridade de meio-dia... Como estivera enganado esse tempo todo! Antes de pensar se teria por ali alguma mesa, almoço, pôs-se de pé e bateu continência à bandeira do outro lado, murcha...

Vertente

Tanta gente esperando o resultado. Sentia-se bem ali, entre tantos. Foi até o rio. Enquanto não ouvisse o megafone com a novidade, poderia ficar junto com os mais calmos, pés na orla. "Tanta gente", ouvia todos repetindo, menos ele, que preferia pensar baixinho, seguindo como se sentisse umas cócegas no pensamento, embora só aceitasse essa surdina cálida no meio de outras vozes, como ali. Quando anunciaram o nome, engoliu o merecimento. Aproximou-se então — devagar. Sempre cultivara a convicção de que seria o escolhido por uma razão que justamente agora começava a lhe fugir. Via que não era mais o mesmo que aprendera a reconhecer. Sentiu a virilha molhada. Notou que toda a sua massa se diluía pelos poros. O corpo, ah, se desdobrava em córrego...

Sangue do Guaíba

Aquele sangue nas mãos que eu devia lavar ali, no Guaíba. Se não, desconfiariam. Do quê, nem eu mesmo sabia. Lembro que, pouco antes, num lance gratuito, imaginara que se tivesse ficado em casa estaria em melhor situação. Foi só então que vi as mãos cobertas de sangue. Olhei o rio, tentando escapar da circunstância. Apesar do estado das águas, entrei até os joelhos. E agora só me restava assobiar. A melodia imprecisa, o dia ameno, parecendo ileso. Pouco a pouco o assobio amortecia tudo. A noite logo mais me acolheria. Para que sonhar?

Arfante

Debruçado na amurada da ponte, observando o rio arfar como minha veia arfava, ouvindo vozes que pareciam nascer da fronte de um barqueiro que passava, pensei que, se continuasse ali, eu não teria mais para onde ir, só me restando ficar, me preparando como um noivo sem a data e as alianças, até que conseguisse laçar enfim o leve mormaço de feltro que, flutuante, hipnótico, desde antes dos anos, bem do avesso, tem me deixado aqui, cativo, observando o arfar da minha veia que dentro de um segundo se abrirá, ai!, a derramar seu denso fluxo nas arfantes águas desse rio.

MERGULHOS

As férias do animal

Aquele amontoado de alunos exigindo as notas. Gritavam! As notas, os conceitos decisivos, derradeiros! Mas ninguém ali os reconhecia como alunos. Uma grossa mentira os tais jovens bradando por notas que nunca tiveram. Pois definitivamente não eram daquele estabelecimento. Olhem suas expressões insalubres como se saídas de um pavilhão da sina, a palavra feia, insana, cariada. Eu, um dos revoltosos, fui me retirando devagar, para que ninguém notasse. No caminho enchi os bolsos de pedra. E mergulhei no canal onde um cavalo boiava.

Caroço do ermo

Entre o hospital e o ponto do ônibus, um enorme descampado. Cravada na terra vermelha, uma birosca. Caldo de cana, cerveja, rosca. Parei, pedi. Depois dessa visita ao meu menor doente, eu passaria a ter um outro comportamento. Ao mesmo tempo duvidava de que isso pudesse acontecer. Não sei, me faltava alguma coisa. E essa coisa não era só o emprego, entende? Aí fui andando em outra direção que não a do ônibus. O descampado parecia não acabar. Até que dei de cara com um riacho limpinho, ali, bem no caroço do ermo. Num instante tirei a roupa. E entrei.

Férias

Ele estaria à espera, sempre. Por que ela depositava tanta confiança? Realmente, era uma exagerada reserva de fé em apenas uma criatura, ele, de compleição tão sucinta, quase um fiapo, como qualquer outra pessoa, aliás, se comparada àquela paisagem ali, por onde corria um rio prateado — esse, sim, todo à espera da lua para se azular. Ela mordeu o lábio, como poderia ter sorrido, se recolhido em concha, tudo porque repentinamente estranhara a imagem do homem que deveria àquela hora estar à sua espera, ensaboado dentro da banheira, bem como gostava. E, de preferência, de chapéu de feltro, como um extinto personagem de filme francês, a ler quem sabe um livro ilustrado sobre John Ford. Ela entrou no rio. Ouviu um assobio. "Tem gente perto", murmurou. E mergulhou para se refazer.

Tinto

Naquela noite ele estava diante de umas águas com mechas de lua. Isso poderia não merecer sequer menção. Mas é que ele estava sem saber se aquelas águas eram do mar, de um rio, lagoa ou riachão. Esse homem, já não sabia onde amarrara o cavalo? De fato, ele tinha um cavalo, disso não estava esquecido. Mas viera talvez até aquelas margens por um desses motivos que de tão aparentes se recolhem para a imprecisão. Se o cavalo ao menos relinchasse... Nem precisaria tanto, pois, se o animal estivesse por perto, o cara sentiria o cheiro cerrado daquele feixe coeso de nervos e músculos. Foi até as bordas. Curvou-se. Encostou a mão. Cheirou-a, passou a língua. Era vinho! Não sentiu verdadeira surpresa. Jogou-se. Deu braçadas. E mergulhou.

Mormaço

Tem um cachorro ao lado da menina que dorme na esteira. Enrodilhado, olhos semiabertos, as pupilas imersas em si mesmas, turvadas de tanto resistir. A menina é uma sombra do que foi até semanas atrás, antes da febre que a prendeu à esteira. Quem escutará as palmas do forasteiro lá fora? O desconhecido bate palmas. A menina mal e mal ressona, não parece em condições de ouvir e atender. Olha, já não há nenhum cachorro. E a criança já não passa de um mero lapso no trançado regular da esteira. O estranho desiste, na estrada faz sinal. Consegue uma carona. Passando a primeira curva, pede para descer. Vai buscar uma coisa que esqueceu. Desce num charco. Perde os pés de vista, os tornozelos. A garça, logo ali, não parece se importar. Uma pena se solta, flutua na brisa...

História infantil

"Começa a escurecer mais tarde, aproxima-se a primavera" — ela repetia baixinho, sentada no banco do parque, à espera de um conforto que parecia especialmente feito pra se esfumaçar. Começava a escurecer mais tarde, era setembro, mas ela já não tinha jeito para nada além de repetir que a primavera vinha vindo... Um jovem sentou-se ao lado. Ela calou a ladainha, essas gotas que quase diluíam a sua permanência eterna a céu aberto. Olhou o cara. Ele a olhava. Tinha uma tatuagem no braço, asas... Ouviu um majestoso ruflar, águia talvez. Estremeceu. Depois, mais nada. Homem nenhum sentara-se ali. Era alto verão em temporal de fim de tarde. Correu, queria se abrigar. Mas preferiu entrar no lago. Sentiu o limo do fundo — vestiria esse veludo para se matar.

AR

Ares

Natureza

Era de manhã, sem aflição. Ele desconfiou. Será que não estava entendendo ou um alguém que costumava lhe ditar secretamente as normas do dia ainda não tinha saído da pasmaceira noturna? Quis pegar a cortina. A mão caiu, fugiu-lhe o tecido. Tudo parecia vir de uma sintonia líquida, e não daquela solidez que o conduzia por horas, sem descanso. Não, ele não queria telefonar para ninguém, não precisava sair para comprar o que quer que fosse. Teria que aprender como continuar ali e assim. Se fingisse uma fuga? Mas temia o quê? Que esse bem-estar matutino terminasse e ele tivesse que optar por outra coisa que não pudesse nem ao menos se esboçar? Ele teria mesmo de aceitar isso que lhe vinha agora, já. E engoliu uma quase, quase marola — de ar...

Colono

Ele caminhava bronqueado, sem parar. Na esquina estancou, cuspiu o azedume colossal. Abriu a camisa; no peito, a graxa do suor. Vinha da colônia alemã. Um terno preto, de luterano, prostrava-se no barro do seu cérebro, ali na Voluntários com a Senhor dos Passos, depois de um cinema pornô... Ficou chocando a irritação, os frangalhos do passaporte no bolso, sem ter país pra ir, endereço pra dar... Veio-lhe à baila um domingo em Estância Velha, no ermo de um final de tarde, uma ideia toda esganiçada na moleira, a latejar. Aí desceu-lhe o pensamento pelo corpo com tal furor que, ultrapassando a bexiga, já não se aguentando mais, acabou por lhe explodir debaixo da calça, como um mar! Em vez de gemer, ele sorriu, enfim, bobamente, para o ar...

VENTOS

Pampa

Quando tomei o avião, senti que estava perdendo alguém. Não sabia se era morte. Ou se a pessoa simplesmente teria se apartado, enfim. Deixei para descobrir quando chegasse. O Minuano me recebeu com fúria tão incalculável que resolvi me suspender no sono do hotel. Acordei encharcado do meu suor de viciada sentinela. O ar agora estagnado. Eu, pronto para ouvir do silêncio o nome de quem se extraviara. Ouvi o quero-quero. Levantei, corri atrás da voz de aço. Eu me desvencilhava de mim. Na planície, só aquele voo raso defendendo o ninho, aos gritos.

Açoite

Quando nenhuma melodia ou consideração poética poderiam remendar os intervalos em que nenhum encanto medrava, quando então gritava no meio da noite, naquele imenso intervalo de praticamente tudo, sem receio de que os vizinhos pudessem ouvir nem nada, quando gritava assim, lhe vinha pela boca um musgo aflito, não propriamente um musgo, mas quase, uma substância aveludada parecendo vir de um conteúdo vegetal que a comprometia mais com a terra do que com seu apartamento àquela hora escuro, açoitado por um vento que diziam vir das lonjuras do Polo Sul, o Minuano, certo, OK. Mas nessa noite algo lhe aconteceu. Algo que a fez abrir a janela para olhar. Algo no entanto que não teve tempo de ver. Que a seduziu, brindou e, enfim!, a arrefeceu...

Porto

"Corri, corri para te pegar." Recuas, esfregas o casaco, como se retirasses meu pó. Mas mal toquei na tua manga, só um roçar, como quem diz "ainda estou aqui; não morri, não". Lembro que ventou, o vento que aparece sempre aqui no sul, quando algo está para se dar. De preferência numa esquina como aquela, a sarjeta meio alagada, crespa, com um laivo de cais. E se duas pessoas se encontram sem nada mais para dizer. Ventava, como se existisse uma conjunção de forças, maior. Sacudiste mais uma vez o casaco. Encenação de segunda... Um carro estacionava rente ao pífio drama. O recreio estridente na escola, logo ali. Tu abrindo a porta do carro recém-estacionado. Abaixo-me. Olho as mãos firmes no volante. Brancas, quase transparentes, a bem dizer, só ossos. São elas que te levarão...

NEBLINA

Rondas

Ouviu um vento escorrer em surdina, por entre margens difíceis de definir. Quem sabe ribanceiras de um corredor no ar. Algo tão rarefeito, que só o ato de pensá-lo lhe tirava o fôlego e o obrigava a andar. De madrugada vagava pela casa em passos lentos, olhe bem!, lunares... O vento já se esfarelava em forma de chuvisco. Manhã com um bravo sol. "Chega!", ele berrou se estapeando. Não queria mais... Foi à janela, no sexto andar, e como que jejuou por um dia, talvez semanas, meses, e a sensação de leveza exemplar, verdadeira pena de pavão, de intempestivas cores conforme o ângulo em que se olhasse, essa sensação o fez recuar até os lençóis, onde mergulhou cegamente para não sonhar. O telefone tocava. A campainha. E de novo a noite, o vento, tudo sem parar...

Cisco dos Andes

Mirradinho, era tão puro paletó que nem anotava mais compromissos, pois não se via com um mínimo de relevo para dar sequência a algum encontro. Cansara de anotar datas apodrecidas nos bolsos. O mutismo dele só atraía laços natimortos. Mas agora seu fio de corpo vergava, golpeando seu isolamento. Trêmulo, encarou uma consulta. Ao tirar a roupa no consultório, se excitou vergonhosamente diante do doutor. Na rua rasgou as receitas, pedidos de exames. Sentia-se tão outro que uma mulher enfim o notou. Parou, virou-se para apreciá--la. Soprava um minuano arrastando tudo, mas ele foi tomado por uma firmeza de viga, imune até ao cisco no olho. Olho que não se desgrudava da morena agora meio vencida pelo vento, ah!, já tragada pela multidão...

Leve seio

"Queres um punhado de terra?", perguntei à neblina. Poderia ter perguntado à ranhura na porta, mas não, fui até a vidraça e perguntei à neblina que me vedava a paisagem. Naquela casa circulava uma fala secreta, como se o feérico campo em volta despertasse o avesso: o escavado anseio de água noturna, cerrada em sua incumbência de se afastar da insalubre demasia dos anseios. O dia agora arrasara por completo a névoa. E dessa vez foi tão grave a claridade que o fluxo de energias pareceu engarrafado, inoperante. A minha ideia recostou-se atordoada. Mas logo irrompeu de si mesma. E acabou gerando um leve seio.

Fogo

Chamas

Depois da queimada

Naquele alojamento da frente de trabalho, três pessoas aquecem um silêncio em fogo brando. Talvez já não passem de peças num museu interiorano. Do cerro veio uma interjeição. Mas os três não têm mais condições de bicar as iscas daquele território. Ali se ouve agora uma final lástima rasgando o tecido da única mulher. Ela olha na fresta o crepitar da galharia. Que acaba cegando sua ideia insular, quase bovina. A águia defumada subia espiralada, quando sentiu que se perdera do ar. E que já não tinha mais volta nem lugar.

Resíduos

A camisa ainda estava quente pelo uso. Tinha um cheiro que ele estaria próximo de decifrar se realmente quisesse. Por enquanto permanecia ali, oculto para o próprio dono, mesmo porque tinha passado o dia sem nada que o marcasse em odores e atropelos, salvo talvez o fogo passageiro no matagal. A camisa estava quente ainda. Não sabia se a usaria mais uma vez para sair à noite. Cheirou-a de novo: ah, uma surda mistura de suor, fumaça e perfume barato — era isso mesmo? Essa dificuldade de se afastar de suas roupas, quando pareciam tocadas por algum desperdício da rotina, trouxe-lhe a adolescência e um punhado de coisas que não sabia mais lembrar. O calor veio pelas pernas. Foi subindo até sair pela boca num vômito mais que súbito, voraz.

Primavera

Chegamos os dois ao mesmo tempo. Dúvidas... É, existem quando duas pessoas vão viajar juntas sem se conhecer de fato. Dias atrás, uma explosão no terreno ao lado da rodoviária. O capinzal queimado. Policiais rondando. Meu parceiro de viagem falou que ia comprar uma revista, já voltava. A luz de outubro relutava em abandonar o estacionamento em frente. Horário de verão... Vi de súbito que ele bebia guaraná sobre a revista aberta num balcão. Parecia um bom sujeito. Que eu expirasse ali, assim, minhas últimas suspeitas...

Ardor

Todos corriam para o lugar do acidente. Havia um grito no meio da fumaça. Todos pela rua em direção ao ponto daquilo que ninguém queria perder. Ofegantes e famintos para descobrirem se havia culpado ou se tinha sido só o acaso o detonador de tudo. Pois eu estava ali, criança, mirrado entre adultos, sem enxergar nada do ocorrido. No meio de um vozerio ingrato, de exclamações confusas. Sem conseguir ver nem entender coisa nenhuma. Me vazei do ambiente, a esmo. Aproveitando para me liberar dos clamores daquela freguesia. Fumando meu primeiro cigarro, agachado entre as ramagens do parque Farroupilha. Me atrapalhando, engasgando com a brasa na língua. A incandescência logo esfriando no trajeto pelo esôfago. Em segundos, a ardência já bem apagada na lembrança.

Bucólicas

Pôs-se a correr, cabelos esvoaçantes feito um estandarte de si mesma, pouco importando os trovões sobre a cabeça, pouco importando o risco de um raio liquidá-la de uma vez por todas. Com qualquer tempo seguiria por ruas em direção nenhuma. Ou talvez não, quem sabe pararia como fazia de fato nesse instante em que o sol voltava com mais ímpeto. Pararia ali e não em qualquer outro local como se poderia imaginar — pois tem sempre alguém na esperança de lugares menos baldios do que aquele, onde se destaca uma égua pangaré no meio dos juncos à beira do canal. É ali que ela para, abraçando-se ao pescoço faiscante do animal, que se "incendeia, sim, e com a cidade inteira" — ela grita entre buzinas e blasfêmias, sentindo-se em chamas, triunfante!

A folga do soldado

No quartel me gozam. Acendo velas num esconderijo que a rapaziada acabou descobrindo. É para alguém que, mesmo não sendo nada meu, verte sobre mim sua saliente atenção. Por puro vício, eu sei. Encosto a chama na pele. Peso o que não devo fazer. "Fazer?", pergunto ao vento, aqui, nesse refúgio para onde venho nas folgas.

Lugar que me envelhece estupidamente. Qual um ancião, queimo o excesso de coisas. Quase me jogo na fogueira. O que fará o Exército? Pois dessa vez, de fato, não serei nada mais do que o bagaço do praça que já fui.

SOL

Patrício

Havia o sol. É a bola alaranjada que cai nos finais da tarde. E um dispositivo qualquer por ali. Acionando-o, ele poderia sair do ar, entrar em outra órbita. Matéria de alento para desavisados como ele. Mas o tal dispositivo não fora encontrado. O certo é que ele se achava ali, olhando a circunferência diabólica no horizonte. Ele estava ali e pensava em morrer, não passar daquela noite, ser pura memória amanhã. Decidiu vestir o lençol como se estivesse na antiga Roma. Não uma mortalha. Mas a veste dos patrícios. E recitou Cícero em latim.

Calor

Se despontasse um destino claro entre os três, que fim dariam àquela atmosfera viciosamente imprecisa? Por enquanto, tateavam por entre os escombros de uma obra parada havia muito, no fundo do balneário, perto das dunas, quase sem se olhar — por vezes, um toque involuntário, como se apatetados pela avidez da estação. Eles não eram adultos. Tinham corpos maiores do que podiam conter. Sempre prontos para o gesto que jamais se desatava. Pulsavam, pulsavam numa espécie de detenção encantada, apenados que estavam num vago, vago refrigério... Até que um deles deu-se conta de que esquecera o filtro solar. O que faria com as sardas? Os dois outros corpos, bem morenos, prontamente responderam. Aproximaram-se. Muito. Seriam o seu escudo contra o sol.

CALOR

Canícula

Fiquei horas lá no alto, na sacada. Calado, sim, bem calado, no estupor dos 40 graus. Quando pendurei uma perna e a sacudi lentamente, como se imaginasse o desgarrado no ar, a turma da calçada gritou, gesticulou. Resolvi entrar. Eva dormia. Acho que ela nunca veio a saber dessa ocorrência suspensa. Pensei em dormir. O sono não daria um certo arremate numa situação assim? Eva acordou. "Vamos...?", sondei. Ela vestiu-se. Tomei um banho. Ficamos logo prontos. O céu preparava-se, cada vez mais chumbo. No trovão, estremecemos juntos. Já despidos que estávamos, de novo.

Brejo

O dia mais quente do ano. Pegou o carro e foi. Na estrada, forte dor de cabeça, de um golpe se deu conta de que não tinha carro e nunca soubera dirigir. Estava ali agora, parado além do acostamento, entre arbustos, em choque por não ser o que pensava. Olhou as mãos: dedos de pianista, finos os nós, porém salientes demais para que pudessem pertencer a um homem cultivado. Não os suportou, quis escondê-los, mas não tinha onde. Aliás, ele não tinha onde continuar naquele dia. Se abandonasse o carro e se dirigisse a pé ou de carona ao ponto de partida, ou a um outro destino ainda incerto, onde se abrigaria dessa ocorrência que lhe acabara de acontecer? Uma capivara passava para a outra margem do asfalto. Olhou-se inteiro para ver se era ele ainda quem estava ali.

Ação

Uma mulher sentada no degrau. O guarda lhe fala que ali não pode ficar. "Por que, seu guarda, se estou tão bem aqui?" O guarda diz: "Assim é". "Assim é o quê, seu guarda: o 'não poder ficar' ou o 'estar tão bem aqui'?" Ele põe os óculos escuros e se detém, como se descobrindo algum interesse na irrelevância do ar. Aí repete com certo balanço, quase, quase começando uma canção: "Assim é e é". Ela se debruça sobre as próprias pernas, não indicando exatamente recolhimento, mas uma espécie de coreografia que lhe permita a abstenção diante do esgarçado desenho da cena. Então os dois corpos param, fixos, coagulados pelo sol do "dia mais quente do ano" — como berra a manchete com a foto do moleque todo perolado banhando-se no chafariz.

Terra

Covas

Aparição

Perguntei ao cara para quem ele fazia aquela cova. Ele disse que não fazia cova nenhuma, apenas esburacava a terra para guardar ali a aparelhagem que daria luz à cidade. Uma tonelada a agitar uma coisa no coração dela, isso que dá a luz. Disse que só a trariam quando seu trabalho estivesse pronto. Olhei lá para dentro e vi a cavidade na terra avermelhada. Minhas imagens não iam até essa inquietação, digamos, no centro nervoso da aparelhagem, mas chegavam perto, e esse perto meio que me cegava. E, incrível: o cara desaparecera. Agora eu via: o sol babava. A mata ardia.

Atalho

Todas as noites eu passava por um descampado. Num declive, costumava como que me verter um bocadinho, sei lá, deixar que o abcesso eliminasse um pouco mais do acúmulo de tudo, talvez isso, simples assim. Escorria tão prolongado que de um ponto a outro não parecia ter fim. Um vulto sobe em minha direção portando uma débil lanterna. Mesmo ofuscado pelo foco consigo vê-lo perolado de lua: o sobretudo puído, os dedos saindo para fora dos rasgões da luva. Essa noite conhecerá uma drástica solução... Peço apenas que seja rápido. Lembro que rolei. E que uma densa porção de terra caiu na minha traqueia rompendo o meu gemido.

Resíduo insone

"Aragem" me toca mais que "Várzea aos Domingos", digo na cava surdina, entre uma esquina e outra. Mais adiante, na clareira, abro um buraco à unha. Deito as mãos lá dentro. O que fazer desse jeito trânsfuga, esterilizado contra a cadeia das coisas, hein? Vontade mesmo é de enterrar o insone resíduo de vergonha. E adormecer livre das mortalhas: só o difuso instante em que estarei a um passo do calcário refúgio do mundo. No entanto ainda tenho fome e sede. Então me aquieto. E sento-me no degrau da igreja, abro a mão e peço.

TERRENOS

Folguedos

Ficava em euforia ao encontrar a cerca meio torta, torta a ponto de cair, inútil, indecorosa. À beira da estrada que não levava a nada, defronte ao vermelhão por onde voos deslizavam em retirada. Euforia não pelas asas do poente, era a cerca que o fazia rir em sincronia com as ondas que vinham lá de onde guardava o tal consolo — acima, logo acima do esôfago. Doido esse calor descendo ao diafragma e dali irradiando-se todo em chamas. Ajoelhava-se diante da cerca de arames, concluindo-se numa inclinação matreira. Via, pelo rabo dos olhos, um lampejo nas farpas da cerca protetora do terreno pedregoso. Essas terras seriam devolutas? Ele bem que as merecia. Ah...!, o vapor de junho a sair da boca. As palavras tiritantes, murchas. O silêncio, o sono...

Silvestre

Quando vi as formigas invadindo o quarto, cobrindo de um negro turbilhão as bordas da janela, lembrei de pedir ao homem que capinava em volta. "As formigas, as formigas", disse eu. Ele não respondia, ele não falava, sempre meio assustadiço, autêntico bicho do mato. Sabia que não adiantava perguntar seu nome. Ele não diria, ou melhor, não saberia, se é que possuía um. Então esqueci as formigas. E corri até a cozinha, abri a térmica, enchi um copo de café e o levei para o sujeito do capinzal. "Toma esse café, é bom", falei. As formigas entravam pela casa inteira. E eu? Eu ia abandonar tudo antes que o sol caísse.

Gleba

Seguia eu por entre trilhos abandonados, rememorando uma antiga câmera que despia lenta uma estrada de ferro em completo ostracismo. Essas imagens me faziam lacrimejar, não por suas agulhadas, mas porque contemplá-las exigia forçar a visão naquilo que de tão visto se esgarçava, se dissolvia. Pois tal congestão ótica levava-me a despejar a bexiga, destruindo o formigueiro que talvez reaparecesse no torrão estorricado... torrão se reabilitando nesse instante, ao receber as águas da represa que eu não conseguia mais reter, enfim...

As criaturas

O CORPO

O PORTE

Gigante

Era imenso, avesso aos movimentos. A perspectiva de suspender a mão na luz com a intenção de avaliar a miríade de sinais a se adensar, até um fiapo assim lhe pesava. Aliás, para ele essa carga vinha de uma espécie de fonte invisível, que o queria desqualificado para o convívio sensato das formas. Uma ideia descarnada como sua pele. Sozinho, ele a chamava no seu vozeirão de teologia da aberração. O toque num motor anterior, desregulado em sua demasia. E encarnado na sua pobre imagem gigantesca. Corpanzil sem ânimo de sair e se adaptar às mesquinhas dimensões do dia, ali, com as mãos debaixo do minguado fio d'água da torneira matutina.

A véspera

Ele se preparava todo, não tanto na parte visível do corpo, porque nem tinha mais exatamente essa parte visível. Só pele e osso. E uma infindável memória de dias melhores na pele. Um corpo até imperativo em algumas noites. Isso! Sobretudo ao beber o vinho que lhe dava, digamos, certa nobreza em estar em si mesmo. Um inquilino perdulário daquele metro e oitenta de altura, entre uma princesa e outra, diante talvez de um escudeiro tão forte quanto ele na arte de "hablar". Mas hoje ele estava ali, preparando-se lentamente, no andamento do fôlego. Ali, vivendo a véspera indecisa, abrindo o armário com esforço, trocando a fronha, quem sabe a senha. Ali, ouvindo um murmúrio de fora, de lá, daquele vento brando na relva da coxilha que ele já não via mais...

O ORGANISMO

Genética extraviada

Os lapsos condenam. A mim, me salvam. Outro dia olhei um com toda a paciência. Somos parecidos: a ambos faltam partes e, onde a lacuna é norma, em nós pode saltar uma forma esdrúxula, um réquiem ornado de idílios, um troço assim ou, talvez, assado. De regra, o broto só arrebenta quando está apto a copiar a índole de sua arquidiocese. Para mim e o lapso, não: ambos nascemos de uma abrupta desregulagem. Só ganhamos porque botamos tudo a perder. Miramo-nos como gêmeos sobranceiros: sem a herança da paternidade, vértice do impensável, memórias de uma genética extraviada.

Premente

Ela poderia responder à repentina necessidade de ação, antes que a fome a obrigasse a se postar diante da geladeira. Antes disso, poderia escrever a carta cujo destinatário estava prestes a se definir, poderia umedecer a pele, cantar. Só quando a fome viesse a lhe enrijecer as mandíbulas, se isso de fato pudesse acontecer, só aí ela esqueceria sua amada atividade para se dedicar a pôr nutrientes para dentro de si. Por enquanto, a fome ainda era uma presença encabulada. A moça faria tudo para esquecer que o corpo estava muito assiduamente à sua espera para se refazer. Agora pegaria o alaúde raro. Ou lavaria o vestido com a mancha segredada. E não engoliria nem um único farelo. Só, só essa água que pinga pelo peito antes que, afoita, ela corra para começar...

AS MÃOS

Devoção

A ferida na mão lhe sorria. Entre seus lábios aflorou a mesma linha em meia-lua, a expressar a mesma inexplicável satisfação. As duas leves ondulações de contentamento estavam ali, prontas. Não havia nada a fazer além de guardá-las. O melhor agora seria chegar ao destino. Mas antes de prosseguir ela alisou a cicatriz, de mansinho, é lógico, e sentou num café. Um homem mais velho olhava-a. Ela chamou-o gratuitamente de professor, perguntou as horas. "Eu lembro", ele respondeu. "Você assistia às aulas até com fervor, como se de fato gostasse..."

A dívida

Descarregando a ansiedade, eu passava a lâmina sem praticamente mais nada para escanhoar. Foi quando atrás de mim surgiu uma imagem de cujos traços vinha uma lembrança que eu chamaria de saudade, se conseguisse pegar um ponto, um detalhe que me parecia arisco de antemão. Me virei. Era quem pensava, sim. Eu precisava decidir se acolheria... Mas tinha o detalhe ainda velado, e só com ele eu poderia dizer "venha" ou "volte ao inferno!". A figura abriu a mão mostrando a cicatriz. Não, não era uma das chagas de Cristo, mas o tal detalhe, em ferida. A mão agora retirava a espuma em volta da minha boca, até deixá-la livre. E sem escolha. Encostei os lábios nos lábios ainda sensíveis de sua palma. Covarde, eu mendigava o perdão...

Ponto pacífico

Nunca mais sentira a dor. Por quê? Tinha se curado? Ele fitava o poste à frente; parecia imbuído daquela parcela do dia. Depois faria umas coisas. Tudo ficaria bem. Antigamente chamaria isso de conformismo. Estava envelhecendo? Curar-se, sentir o corpo numa quase precisão inadiável, quase... Coisa de quem já não vivia de impactos? O certo é que continuaria a percorrer esse grande acolhimento. Era o que tinha. Como que deslizava. Assim, sem se antecipar, evitaria o risco de pôr tudo a perder. Não, não queria essa facilidade. Sairia do surto, já. Iria à várzea, não à praia congestionada, para escavar, escavar na areia até sentir a infiltração do mar. Ali se banharia. Como agora, essa mão molhada pelo pescoço... Ela desce, desce, enfim se precipita — e vai!

Unhas

A manicure pega a mão do cliente. Contempla-a um pouco com vaga compaixão. Ele fica entregue, com a atenção na mão banhada por esse primeiro olhar da moça — nessas alturas, pura lembrança. Mão já embalsamada na mente, quando, no fim, a limpeza das unhas é tão certeira que se torna quase suposição, qualidade abstrata. Ele então volta para o apartamento novo. Procura a mulher. Encontra a filha sobre seus deveres. Tranca-se no banheiro. Olha as unhas. E chora. Bem baixinho, para que o descontrole não vaze na tarde que se derrama, lenta, pela última noite do verão...

A BOCA

Véspera macia

Três mulheres mexiam na argila e falavam do primeiro beijo. Uma conheceu o beijo no terraço ventoso de um prédio condenado. Outra, à sombra de uma figueira no regaço de uma leitosa tarde de agosto. A terceira só se lembrava das bocas despidas de cenário, sim, talvez uma litania das águas, mais da mente do que do mar. Eu olhava um verso ingrato a prometer arpejos de lascívias onde só ecoa o uivo de um escalavrado cão. Tapei o verso e mirei as três mulheres a revolver a véspera macia de um tonto despertar. Mas por que essa canção tardia? Por que não a cadência escanhoada, avessa à melodia?

Flor da ferida

"Queres o quê?", perguntei àquela boca embrenhada no que chamam de humano. Ela se verteu: a substância parecia medula decantada, seu derradeiro cerne alcançando agora a praia do meu beijo. Beijei. A boca relutou por um instante. Depois abriu-se inteira, atordoante, indistinta de outros materiais galácticos. E fomos, fomos sim, endiabrados até onde o gemido se pacifica no silêncio da véspera do mundo. Ah, se eu pudesse escolher!, talvez não quisesse mais reencarnar no ofício do dia. Bastava só isso: esse leve lamento na flor da ferida, essa orgia insana.

A LÍNGUA

Língua e perdição

Às vezes sofro de sexo. Perto da coisa tremo. Peço uma correnteza que me aqueça. Onde eu esqueça. A serraria estridente lembrando que lá fora trabalham. No bairro há muitos descendentes de alemães. Klaus, o vizinho, diz que se preocupa ao me ver olhando assim vago. Escuto cada sílaba da conversa de Klaus. No muro entre os quintais, escrevi: "Língua e perdição." Quando anoitece, desce uma sintonia, juro. Subo no telhado. Klaus faz medicina. Quintais adiante, o "Bloco da Onça" ensaia. Gustavo fez a letra. É meu melhor amigo. Mais tarde vou até a quadra. Só de pensar em alguém que já deve ter chegado, tremo.

Onipotência

Uniu as mãos, palmas para cima. Nesse côncavo não caberia nada; ou, melhor, ali tudo poderia lhe fugir. Forma de pedir calado, como se alguma substância viesse a pousar de graça naquele território em concha. Sentado na calçada, no vão entre dois prédios, o gesto ao mesmo tempo súplice e sóbrio. Nenhum pedestre haveria de olhá-lo por mais de um átimo, até porque ele não dispunha de verbo que se alçasse em direção a algum ouvido, por uma singela razão: tinham no passado lhe cortado a língua, essa pá irrequieta que introduz os alimentos e que de quebra ainda se desdobra em fabricar os sons. Cego de sol, ele olhava os passantes... Esperava um conteúdo arredio, talvez já perdido numa daquelas sestas em que as mãos, mansas, vinham se encontrar na sombra...

O PÚBIS

Luz no travesseiro

Ele custava para reconhecer o uso imediato das coisas. Tudo sofria de uma utilidade perversa com a qual jamais poderia se ombrear. Tateou o púbis, apalpou seus ovos: primeiro sentiu-os no prumo; logo percebeu-os tenros, desinteressados. Estava a tocar enfim um conteúdo para além da transparência, algo que saberia se lançar em busca da filha submersa num futuro. Antes precisaria abandonar o limbo adolescente em que se retardava, para se entregar então às delícias. Depois, o surdo queixume da idade. E o travesseiro rastreando a luz dos seus segredos. Lá fora a menina grita correndo atrás de um quase voo.

OS OLHOS

Cristal

Estava ela como de plantão junto à porta. Esperando que os policiais liberassem o corpo... Pensando que talvez tivesse entrado sem querer numa história policial barata, igual a tantas que estavam sendo feitas para o concurso em que seria jurada, por ter escrito aqueles contos tidos como auto-hipnóticos, de utilidade no mercado de primeiros socorros. Passaria a ser uma mulher mortalmente arrependida. Se envolvera com aquele corpo que já não podia se levantar e desfazer o rumo da hora. Se aproximou... Notou no fundo do olho de um dos policiais como se uma isca, algo entre o singelo e o inexistente, mas que a arrastava para um quase brutal estado de inocência, sem ainda qualquer história que o pudesse desmentir, anterior àquela íris que a acolhia agora, parecendo uma cápsula de cristal...

Os despidos

Sós

Sulino

As curvas da estrada eram tantas que agora talvez quisesse uma reta, mesmo que não levasse a nada — ao contrário da via tortuosa, prometendo sempre um destino, vago, mas sem erro: a casa em maio, o bebê, a moça calada que de tudo cuidava, o jardineiro na cadência da angina... Quando o menino se aquietava, a chuva no zinco misturada à surdina do banho da moça... Certas alusões a um homem outro, sem as limitações que este incorporava aos poucos; este parecia acolher um ferimento branco, tão sutil que não conseguia se ancorar na pele, não conseguia baixar na lavra da rotina. Nessa noite ele se despiu e esqueceu o corpo no sofá. Ouviu a criança chorar, a moça ninando. Escutou o motor da geladeira. O cachorro ladrando. E, sem querer... morreu.

A letra nua

Aos 20 anos, publiquei uns poemas. Fui autografar o volume na Feira do Livro de Porto Alegre, na praça da Alfândega. Já sentado, um pouco antes de observar a fila inexistente ou a presença de um primo, meu único leitor, coisas assim... Perdão, ia me perdendo... Pois, pouco antes de se iniciar a tarde de autógrafos que não houve, notei certa mendiga a se banhar nua num pequeno lago da praça. Sim, debaixo de um copioso cântaro carregado por uma vestal de pedra. Era a minha primeira mulher nua. Meses depois, abandonei o seminário.

Sereias

Havia formigas no peito, tamanho o esfarelado, por ter comido na cama o domingo inteiro. Chegava, agora, à sacada, para se dispor ao mar... Parecia sentir um desapego em relação à sua figura, tanto assim que, reagindo à modorra, despiu-se, jogou a roupa andar abaixo pensando em gritar para a avenida o ciúme que o matava desde a noite anterior. Ciúme por ter sido preterido justamente no passo seguinte ao limiar. Pacificaria-se se pudesse dividir o mar em dois — e através do caminho alcançasse a África, alheia ao seu pesar. Bateram. Foi abrir, nu. Era o vinho. Ah, Moisés estava num hotel; e sem fundos para tal. Quis esquecer: convidou a jovem para entrar. Tudo virava preto e branco. Até o mar, provavelmente. A chanchada da Atlântida podia começar.

ACOMPANHADOS

Despidos

"Aimoré!" Eu saudava desse jeito a canoa: "Aimoré!" Foi um rudimento assim que ela arquitetou sem expressar. Faltava-lhe, ali, voz plausível. Abotoou então a blusa. Nas areias, apagava-se o encontro com o cara repentino. Não houve nada entre os dois, eu vi, claro, estou a contar: ela puxou assunto com o homem parado no sopé das dunas; falavam debaixo do sol. Enquanto eu via os dois, comia ameixas e revia em meus bastidores a pele que eu tocara ao entrar na adolescência. Despiram-se e ficaram a contemplar. As ameixas meridionais sentiam o roçar do outono: ofereciam uma cor grave, pareciam olheiras.

Idílio

À beira da calçada, pensava se valeria mesmo a pena fazer a última visita a um amigo sem memória. Chovia. Os carros passavam e lhe mandavam lama — rajadas de humilhação que lhe faziam bem, como se assim pudesse se imolar um pouco para o amigo que nem o reconhecia mais. Esse homem à beira da calçada ia mudar de país. Em palpitação caminharia pela passarela que conduz ao avião e só sairia dele na cidade coberta de neve. Todo molhado, resolveu ver o amigo. Este abriu os olhos, ensaiou algo feito um sorriso. A enfermeira disse que ele voltaria à tona, sim. E afastou-se. O homem que ia embora para o frio desamarrou-o das grades do leito, deixou-o nu, ele próprio despiu-se. Deitou-se ao lado. Perdeu também a consciência — e o voo, a viagem...

Emergências lunares

Falei até onde todas as baixezas saltaram enfim da minha boca a me devorar, tirar nacos de mim. Então me fiz de mudo. Repentino o enfermeiro despiu seu uniforme, resolvendo que permaneceríamos prisioneiros da floresta para sempre, colhendo ovos da lua, singrando laivos de mar. Falei que não, eu antes precisava resolver o bolso e a língua deteriorada. Entendeu? Nem eu, meu sinhô. Prometo afastar mais uma vez do raio da garganta esse entrevero na ideia, ó centurião que me queres remoto entre as soturnas ramagens do penhasco. Lá embaixo, o homem que de mim partira me acenava.

OS AMANTES

ELAS

Coríntios

Ela chegava no quarto do hotel de madrugada, abria a gaveta, pegava o volume. Ia aos Coríntios. O nome parecia amortecer um pouco o frenesi que lhe era caro por quase todo o dia. Via um sujeito em vestes da antiguidade. Provável guardião de algo fora de foco ou de alcance. Se isso acaso brilhasse, emitiria na certa seus raios num avesso cujo acesso não permitiria volta, o testemunho. E ela se despe, deita junto do amante que a acompanha desde sempre pelas estradas entre os palcos. Um homem irreal como todo o primeiro amante que simplesmente amanhece morto na cama anônima de um hotel. Ela toca, verifica. Não grita.

Capela

Quando ela entrou na cabine da loja, sobraçando aquelas roupas todas que não teria onde usar nem muito menos como pagar, ensaiando na certa o papel de Cinderela, quando entrou nesse cubículo apertado cheirando a cigarro, caiu-lhe um golpe que a fez livrar-se das mercadorias, buscar a sua mão no espelho e quase desmaiar. Quem poderia agora consolá-la se não ela própria, despindo-se espelhada? Quem mais, se não o atendente da loja que entrava sorrateiro na cabine e a abraçava por trás? Quem mais então, se não os dois desconhecidos, ali? Ali não se ouviam sussurros nem outro ruído que não o da mosca. Zumbido providencial, para que o exíguo espaço não parecesse o suspeitoso túmulo que era. Túmulo aflito, onde dois corpos tiravam de si um gozo fininho, encoberto, estagnado...

Desdém

Eu me vestia correndo para estar lá antes que ele pudesse chegar. Um nervosismo agora seria fatal. Havia um boato, mas eu preferia deixar isso para depois. Primeiro precisava de fato me vestir, ficar pronta para que, quando eu chegasse, ainda pudesse preparar os elementos todos, talvez uma rápida esticada no sofá, quem sabe pensar um pouco em outra coisa, como nos meus pés na lagoa fria, sei lá. Eu precisava estar bem quando ele viesse com seu ar incrédulo, assobiando aquele tema em meia dúzia de notas mais que impertinentes. Sei que acabei rasgando a blusa, tal o atropelo em que me meti antes de sair. Sair pra onde? Ah, nessas alturas, sair pra onde ele não pudesse mais pisar. Temendo, é verdade, que esse chão fosse medonho de encontrar.

Elas

Suas crianças rolavam no tapete, e eu dizia alguma coisa a essa amiga de faculdade que voltava a encontrar. Ela não estava em condições de se lembrar de nada, enquanto os filhos continuassem ali naquela maçaroca impossível de ser definida como briga ou convulso carinho. Nossos antigos colegas nutriam pela moça tesões alardeados em conversas na cantina, pelos corredores, esquinas... Mas corria que ela cultivava certa paixão por uma garota guardada em mistério. "Não seria eu?", perguntei, assim intransitiva, como se num atrevimento sem fonte, puro surto. "É você, sim!", ela falou pegando uma foto — eu de tiara, ao lado outra adolescente, agora essa mulher que tentava conciliar o meu rompante com o afogueamento da prole ali: tudo inevitável, tudo...

ELES

Cultivo

Ele caminhava aos poucos. Era esse o recurso que usava para encontrá-la na oitava fila do cinema, quem sabe numa penumbra não muito fechada, dessas que envolvem algum personagem de filme no ato de assistir a um outro filme. Personagem, sim, condenado à exposição ininterrupta de seu próprio enredo. Era esse o recurso: dirigir-se aos poucos, em pequenas doses. Esse o meio-tom, pois não deveria vê-la com toda a nitidez, não deveria reconhecê-la com absoluta segurança. Nada lhe despertaria uma sensação plenamente familiar, enfim. Ela estava à espera. E por que não se virava para confirmar o encontro? Estava ali, totalmente absorta na tela. Ele não sabia se aquele corpo era de fato o dela. Apenas encostou, como um cego. A mulher respondeu. E o guiou até o centro de toda a palpitação.

Néctar

Quando cheguei ela estava sentada na cama, não bem como se me aguardasse, mas de fato testando a capacidade de ter um homem contumaz em se ausentar nem se sabia pra quê, já que não bebia mais e nem parecia frequentar outras mulheres, tamanho o ímpeto com que a abraçava ao deitar... Estava sentada na cama e eu, parado à porta do quarto, me perguntei quem era o homem que ela esperava... Nessa noite não me joguei nos lençóis como de costume. Fiquei a olhá-la meio faminto e ao mesmo tempo como se puxasse as rédeas, sem esforço ou crise, só a prolongar a força típica das vésperas, aquela que costuma animar mais a sexta do que o sábado, aparando o horizonte da dolorida culminância dos domingos — esse logo à frente, a poucos passos...

Conflagração

Um afã estranho o atacava. Não vinha de raiz alguma, nem tinha endereço à vista para se desaguar. Ele então dizia, vamos fazer assim: deixa isso pra quando eu estiver indo dormir. Fico no escuro, tiro o som da televisão, deixo só os reflexos das cores se mexendo no quarto, levanto a coberta, olho com clareza o que não precisa se mostrar com seus pigmentos, só mesmo essa coisa sombria levemente azulada, a cama sobre onde me amoleço, como se mergulhasse num morno que não deverá se repetir jamais. Abraço-a mais forte do que gostaria, ela dorme. Sofre um breve frêmito, mas seu ressonar insiste em dizer que é no sono que ela agora quer estar. Então pego o controle automático e pressiono o botão com a força de uma luta que ainda não devo pronunciar.

NÓS

Coágulos

Foi durante o temporal que o vulto me apareceu. Parei o carro e você surgiu atrás das afoitas hastes do para-brisa. Seu rosto saído do nada e aquele ruído nervoso no para-brisa. Você entrou. E o beijo se embebendo do surto celeste. Aí sacudi a cabeça para me libertar de uma espécie de desfalecimento súbito em todo o carro. A atmosfera emudecera: relâmpagos sem trovão, para-brisa sem ruído, palavras virando coágulos. Tudo se desesperou e eu gritei e você gritou e veio a madrugada e o agudo sabor de mais um beijo. Depois foi só estio. E nós, pele e osso, jejuando na bruta calmaria.

Desocupado

Um toque no braço. Bastou para que eu compreendesse. Obedeci. Saltei do ônibus sabendo que essa presença, até ali um pouco mais que mancha, me seguiria até o apartamento. Eu a acolheria, cheio de um sentimento irrecusável que vem de súbito, não se engane, e que pode acometer, sei lá, com qualquer mortal numa segunda-feira assim. Enchi a banheira com uma paciência desconhecida. Para a água chegar na borda os minutos se arrastavam por uma eternidade. Mas essa duração parecia armazenar um nexo para as minhas façanhas de desempregado. Quando fiz sinal avisando que podia vir, algumas marolas começavam a transbordar.

Corrupio

Ele ri com o que ela nem chega a dizer. Ela esboça a primeira palavra, quase alça voo tal o destino que planeja alcançar com a frase, e ele não se contém e ri, ri como se preferisse se animar com a leveza incerta, anterior a assuntos — um prelúdio que não os conduza a nenhum outro movimento. Por isso ri e a leva de roldão numa risada com um quê de perturbada... Sentam, miram-se, tocam-se e, quando se pensa que se aquecem para um beijo apaixonado, um embaralhar de afagos, os dois se desmancham de novo no mesmo riso incontrolável. Aí ela se levanta, diz que vai embora. Ele vai atrás, param na frente da vitrina. Olham-se no vidro, entre blusas, cintos, saltos. Ainda são os mesmos? O certo é que já se afastam um do outro, bem embriagados...

Sítio

Quando ele termina de consertar o abajur, desponta entre os dois uma breve hesitação, dessas sem tempo de se formar com nitidez. Ele vai à janela, como se verificasse um latido. Ela se aproxima dos livros, alisa uma lombada. Quer povoar a cabeça com alguma coisa que sempre apenas se avizinha, tarda. Despedem-se. E saem. Ela, pela porta da frente. Ele, pela da cozinha. Caseiro do sítio, vai para o canil dar banho nos cães. Ela entra no escritório uma hora depois, meio aflita. Liga para lá. Pergunta se não esqueceu os documentos na varanda. Ele tira a identidade dela do bolso. Responde que vai ver. Cava um buraco. Enterra os documentos, um a um. Ela espera. Um avião passa baixo, estremece as vidraças. Ela espera, ainda. Sente um calafrio, a cega necessidade de fugir.

Os casamentos

Casados

Avulsos

E la nunca quis casar. Quando pequena acendia velas. E prometia, ao bruxuleio na parede, jamais conviver conjugalmente com outro corpo sob o mesmo teto. Olhem, ela entra num táxi. O motorista se desculpa pela confissão. Não esqueceu a noite do eclipse. Ela de branco com a mancha de vinho. Quando vira a cabeça, qual um príncipe indefeso, vê no banco tão só uma garrafa de champanhe. "Alguém esqueceu", cicia em declínio. A léguas da efusão necessária a alguma borbulhante comemoração. O sinal fecha. Resta esse parvo, indiferente, irritante assobio...

Cetim

Não apenas um vento, mais, uma truculenta massa de ar com seu rugido vergastando cabeleiras e copas. Pois era um dia assim. E eu ia me casar. Meu vestido de noiva sobre a cama. Minha mãe que entrava já arquitetando me despir, arrumar. Quando pousou a mão na minha pele nua mais que branca, pálida, me senti desmoronar. Acordei na enfermaria. Minha mãe me dando colheradas de uma sopa rala. "Por quem cismei?", refleti. "Por quem ardi, chorei?" Encostei a boca na laranja descascada. Esqueci de mordê-la. Batom na fruta. "Olha, pintaram meus lábios! — para quem?"

Naquele dia

Chegar à cidade e só ter o cansaço como testemunha. Chegar ao quarto do hotel e pensar com calma sobre as próximas horas. Não dar moleza ao cansaço, idealizar uma faceta do lugar: riacho, um bar. E que o torpor só domine, enfim, quando uma gota de suor flutuar no pensamento e ali ficar. Mas naquele dia saí pelas ladeiras da cidade. E conheci a mulher com quem casei. Conheci antes o irmão dela. Que me levou até essa mulher com quem casei. Eu buscava um bangalô para comprar e ela vendia o seu, no topo de um barranco muito vermelho de tanto esperar as chuvas, chuvas que o deixariam coberto de maricás.

Chileno

Estava eu chegando do Chile para tentar a vida em Porto Alegre. Sabia que nesta cidade havia muitos compatriotas meus. E que deveria me dirigir à igreja Nossa Senhora da Pompeia, já que nela existe um centro de assistência aos imigrantes. Tinha certa vergonha de confessar que no meu país eu não fazia outra coisa além de brinquedos de madeira. O padre falou que depois conversaríamos, que eu o ajudasse num batizado. Quem recebia o batismo era uma criança uruguaia, grande já, quase adolescente. Com quem vim a casar seis anos depois.

O não

Meu marido, ali. A criança chorava debaixo da minha saia. Um quadro natural, sem enigma nenhum. Nenhuma queixa, desordem. Depois, na fila, conheci um homem. Não fui. Detive-me na linha que modulava o domingo sem paixão. A caminho de casa me veio um sentimento pendular, entre o obsceno talvez e uma arrancada bruta, quase um tropeção. Sinceramente, eu achava que não sabia mais andar. Parei, a saia esvoaçando. A passagem de um avião estremeceu o meu reconhecimento das coisas da vitrina. Ali, sem a criança ou o marido, pronta para o não.

Cavalheiros

Estávamos ali, os irmãos, ouvindo o tabelião declarar a venda do imóvel para o jovem casal. Ali, dissolvendo nosso pequeno patrimônio. Eu seria um zero ao sair do tabelionato. Levemente desdenhoso diante dos dois pretendentes a um novo lar. E sem esperar qualquer descendência. Este zero entrou num McDonald's para torrar a sua herança. Sentado num canto, o corretor. Na sacramentação do negócio, ficara afastado da mesa das assinaturas. Agora tomava um milk-shake. De tão amável, se engasgou. Falei que já voltava, ia pegar umas fritas. E fui, achando que não o veria mais.

VIÚVOS

Resguardo

Cheguei cedo à igreja. Uma voz infantil deliciava-se na retumbância da acústica. Missa de sétimo dia de um amigo. Anos sem me postar diante de um altar. As flores brancas pareciam servir a um casamento. A viúva apertou meu braço, como se afrontasse meu velho resguardo. Reagi, cochichei o que ali não se devia formular: "Lembra aquele filme...?, esquece, depois falo." Ela se ajoelhou, encarando seu papel na cena. Um ouro do vitral incendiava minha mão. Enfiei-a debaixo da camisa cheio de uma vergonha. Minhas batidas se aceleravam. Sentei, baixei a cabeça: como ele, com certeza eu saberia blasfemar calado até o fim...

Trinados do viúvo

Hoje vou ao cemitério. No caminho compro umas flores. Rezar no cemitério é engraçado. Tudo é tão como tem de ser que a gente nem reza. É como se eu já tivesse nascido viúvo. Depois tomo uma cerveja. Tem um canarinho no boteco. O trinado. Vou ao banheiro.

Não sei se aquelas rodelas de limão nos mictórios servem para atenuar o cheiro do ambiente. Acho que são rodelas inúteis, afogadas pela espuma da bexiga. Hoje é Dia dos Mortos, daqueles que já ignoram cerveja e feriados. À noite vou ver na TV multidões em cemitérios. O vizinho está no manicômio. Diz que é Deus anestesiado.

A FAMÍLIA

O PAI

A criança e o soldado

Depois da parada militar um soldado me olhou. Suava muito, disse que era meu pai. Eu, uma criança descabida para a minha idade: ainda de cachos trigueiros, insuportavelmente irreais. Uma criança pálida que não tinha nada o que dizer diante daquela farda toda transpirante. "Você me dá um beijo?", ele perguntou. Pegou-me nos braços e ao beijá-lo na face vi, sobre seu ombro, um soldado tocando clarim, um cão a seus pés. Além, a bandeira da pátria descia de um mastro e dois vultos logo depois a dobraram juntos, devagar. Anoitecia. Fui devolvido ao chão. O sapato novo me apertava.

O pão

Ela era filha do ambulante. Tinha vindo da escola e comia um figo ao lado da barraca do pai. A barraca vendia artigos de couro. Era o início da tarde. E ela não pensava. Ou pensava demais, difícil decidir. Ouvia a voz do pai, chamando a atenção de algum transeunte para as coisas à venda. Ao mesmo tempo não ouvia nada, como se vivesse para dentro, lá, onde o gosto do figo lhe avivava um outro sabor, difícil de reconhecer. O pai lhe oferecia um sanduíche, agora. Tomate, presunto. Acolhidos por um pão claro, muito mesmo, desses retirados do forno com pressa. Aquela hora ela sentia fome. Mas era como se não sentisse também. Tudo puxava um avesso, assim, sem tempo de alarme. Olhou o pai. De um jato amou-o muito, ali. E abriu bem a boca para o pão.

Parque da redenção

Os jacarandás em flor. Isso lhe dava certa segurança. Dali a um ano teria a mesma luz de outubro, o mesmo roxo nas copas. O gosto de retorno perecível lhe umedeceu o lábio. Ela não sabe como preencher o domingo, agora que todos os dias passaram a ser domingo. Desde a súbita herança de um pai desconhecido, misterioso. Sentou-se no recanto chinês. Mirou firme o olho furado do dragão. Lá no fundo, bem remota, ressurgia certa figura rala, sem recursos. Fechou os olhos, enterrou as unhas na saia. Uma fisgada cortou-a inteira. Pensou no pai.

Claraboias

Lá, os defuntos eram velados em suas casas. Fui com meu pai ao velório de um vizinho. Duas da tarde. Janelas fechadas, velas, cheiro assoberbado de flores. Logo preferi o quintal da nova viúva. Nos fundos, num casebre, vivia seu cunhado. Um homem sem uma perna. Ele me chamou. Entrei. Resmungou que não choraria o irmão morto. O pé que lhe restava tinha as unhas cor de púrpura. Ele fechou a porta. Ouvi sua reza sem poder enxergá-lo. Falava em claraboias no infinito. Olhei para cima: era, sim, uma claraboia. Noite! Por sobre a lua passavam manchas azuladas. Uma estrela piscava. Concluí que não veria mais meu pai.

A MÃE

Até

Meu amigo queria que eu tirasse férias. Eu relutava ao telefone: "Agora não, talvez depois; não consegui me desfazer ainda desse encalhe aqui, confesso!". "Encalhe?" Sei que a criança puxa a sua camisa e lhe pede alguma coisa, certamente colo. "É, talvez dê pra ir", emendo. "Estás vindo?" "Sim, sim, quem sabe." "Liga dizendo quando, te pego na rodoviária." "Como se chama mesmo a praia?" "Nara." "Eu vou, só de pensar me infiltro num sossego que nessa cidade, aqui no fundo, é perigoso, escuta!" "Aqui estarás a salvo para isso, vem, vem logo!" É quando entendo que o lazer é sina. Entendo mais: que ele abraça o filho, o retém nos braços. E que estou pronto pra dizer: "Conte comigo; eu vou, sim, não tardo!" Aí então... então eu falo, digo.

Bispo da madrugada

De madrugada me ajoelhei na beira do rio. Sentia-me sangrar. Procurei pelas pernas, peito, barriga, pescoço, cabeça: nada. Pensei: "É hoje ou nunca, vou sim, eu vou matar." Voltei para casa e a primeira coisa que fiz foi não acender a luz. Peguei as cobertas, de pé me enrolei nelas. Eu era um bispo, um rei, um indigente em trapos. Havia outra alma ali, meu filho pequeno. Ele ressonava. Em minutos amanheceria e eu faria café. Passei as unhas pela parede fria, como se querendo me testar. Ao acordar, a criança me contava sempre o mesmo sonho: cobria com uma toalha de mesa o amigo albino sob o sol do meio-dia.

Enseada

Tragam meus filhos, a mulher pediu ao sair escoltada. Era a última vez que os veria fora do cárcere. A mulher precisou insistir: tragam meus filhos, por favor. Eu não passava de um reles funcionário da Justiça; portanto, procurar ouvir seu pedido, lembrá-lo diante de um superior, isso de nada adiantaria. Nem sei bem o que eu era, se estafeta, faxineiro, linha auxiliar dos seguranças. Quando ela repetiu pela terceira vez o desejo, resolvi me afastar, ir para o almoço. No boteco, aquela bendita pintura na parede mostrando uma enseada. O amigo ao lado parecia ruminar um destempero.

Virgínia

O homem encarapitado no poste não parecia tão consciente assim de qualquer conserto na rede elétrica. Seu olhar com certeza acalentava outras vertentes que não aquela ali, passiva, entre luvas isolantes, voltada tão só para seu término. Talvez ele não quisesse fitar o fim do problema nos fios. Talvez, no alto, estivesse descongestionando os dias levados no chão. Ele sempre acompanhado de mim e do Amadeo. Falávamos do desaparecimento de Virgínia. Sua mãe, ensandecida, contara a história da filha transformada em pedra. Coberta de musgo. Costumávamos tocar nesse veludo, bêbados, antes que o sono nos transportasse para casa.

Vias aéreas

Quando ela entrou no recinto de olhares pedregosos, no interior daquele prédio escuro e maltratado, parecendo uma loja de quinquilharias, percebeu que caíra numa séria cilada. O vivo no ambiente era apenas o movimento custoso de algumas pálpebras. Tinha o bebê que vez ou outra demonstrava a dissonância aflita da respiração. Tudo úmido. Ela, que tanto cobiçava acordar um dia em outra circunstância que não a sua de costume, agora não podia evitar a memória clara de sua cozinha matutina, dois ou três farelos no chão. De joelhos, catava um a um. Então arrancou o gelado bebê do recôncavo trevoso. Fugiu. No claro, como que sugou a face inteira da criança. Sentiu na boca o insuportável líquido pastoso. E viu que o bebê respirava livre enfim, adormecia.

Trovas

"Tranquilo", repetia a moça para a criança com a cabeça em seu colo. O ônibus subia a serra. No banco de trás, eu ia ouvindo a moça repetir o "tranquilo" para seu menino que parecia não querer outra vida, subindo a serra para São José dos Ausentes, como se a viagem não precisasse de um fim. Encolhido, escutando a ladainha, eu ia num sorriso de santinho, bobo... Na chegada, ouvia-se um pequeno sino tangido pelo vento. Pedi no guichê a passagem de volta. Ao me virar, vi a moça de mão dada com a criança, uma expressão perdida, quem sabe, talvez um tanto ausente, no ar. "Bebe um café?", perguntei-lhe agasalhando alguém dentro de mim que adormecia... O menino adiantou-se, disse "não". E limpou o nariz na mão da mãe. Eu fui a pé pela estrada...

Os filhos não gerados

Ébrios

A criança finge fazer as lições mas olha pela janela. Sozinha em casa, sentia o cérebro acelerar-se numa velocidade que ela não conseguia rememorar. Então ficava acompanhando a ondulação das longas hastes da flora na beira do rio. Mas em vez de se impregnar desse balanço lhe vinha o jato tão espantoso que parecia uma astronave desgovernada. Fingia fazer as lições para que ninguém a pegasse ultrapassando o quarto. Até que um dia a mãe chegou e o filho já não estava no lugar. A mãe segurou a cabeça como se ela fosse lhe escapar.

Em brasa

Onze anos depois ele voltou, bateu na porta. Puxei ligeiramente a saia, como sempre fazia ao abrir a porta para alguém, à procura de uma elegância que sabia já não ter desde sua partida inesperada. Batiam na porta, enfim, e eu abri. Era ele. Com a cara do nosso filho que já estava um homem mais alto do que eu. Tão parecido que falei: "Ah, meu filho, não saiu com a chave!" Só fui considerar que meu guri não tinha ainda o ar vivido daquela figura ao fim da exclamação. O tempo quase não marcara o forasteiro, talvez mais forte agora, com certeza mais bonito. Quando ele disse: "Ó, mãe, resolvi ir embora pro Recife procurar o pai", acordei febril. Toquei na barba rala, sondando o beijo que não dei — ou dei, tateando, de novo, a superfície do sono...

Tarzans

A professora me olhava, via em mim o tal guri da mata, que com seu brado "desbaratou o cativeiro divino", ou algo tão desafinado assim! Guri morto em plena "inconclusão adolescente, mas livre dos vermes e da gula da selva" — acreditem, as aulas iam nesse tom. Pois me queriam parecido com o retrato imaginário desse pequeno Tarzan profeta!, feito por um veterano artista que vive no luto pelo filho não gerado. E que me verá pela primeira vez agora. A mim, a esse homem que sou, rente à meia-idade. Que bate à sua porta por razões absolutamente inconfessáveis, claro, trazendo mais uma frase torpe na boca envenenada.

Na cozinha

Ao chegar em casa no crepúsculo, ficava parada na cozinha, rumo a um ponto macio do qual não conseguia se apossar, pois o rush lá fora acabava sempre perfurando seu retiro com eretas latarias. Mas dessa vez um domingo dormitava. Ela pode enfim se acomodar na sugestão da hora. Dessa vez encontra o filho ainda não gerado implorando liberdade, que não o conduza à tona! Um calafrio e a mão no próprio ventre. Reconhecia agora no seu corpo a intimidade com uma fonte que só ela parecia ter vivido. E para onde não retornaria mais.

O IRMÃO

Vesúvios

Ela vai fazer de conta que acabou de parir. Um recém-nascido como os outros. Coberto de fluidos. A identidade no pulso. Combalida, rola na cama. Para que a imobilidade não sacrifique esses gratos vesúvios na ideia. Quando chega o médico com a faixa branca na boca, ela lhe pede para despir a face. Vê agora os lábios nus. Solicita que abra um pouquinho a boca. Mais uma vez é atendida. Seus dentes de cirurgião parecem infensos à cárie. Eles se aproximam até o limite. Este homem será o pai da criança que os dois nunca conseguirão gerar, amém.

O filho do homem

Ele estava muito próximo da árvore de copa perfumada, ouvindo trinados, risadas das redondezas, e desejava ardentemente sair daquele corpo acanhado que pouca liberdade possuía além de tocar naquele tronco logo à sua frente. Desejava, sim, invadir a força de um adulto, como aquele que ia a poucos metros no atalho, resoluto, em direção a uma hora vaga ou ao trabalho que fosse, o fato é que ia cheio de um desembaraço que ele ainda não pudera viver ou talvez sequer supor. Ele só sabia ficar nas imediações da árvore, como um pássaro que não pudesse ao menos ensaiar o voo, empedernido que estava de uma infância que de uns tempos para cá só recuava. Que recuava, sim, até a cabeça daquele homem que ia ali projetando o filho que jamais, jamais teria.

OS OUTROS

Família

Ele estava ali, algemado, como se alheio à situação. Só mesmo eu o conhecia de outra data. O que teria feito? Um policial à paisana segurando seu braço, a chacrinha da calçada em volta, e eu ali, entre me apresentar para reconhecê-lo publicamente ou me mandar. Afastei-me, entrei num boteco. A imagem dele não me saía da cabeça. Uma mulher parou a meu lado, pediu um café. Olhei-a, pincelava o lábio com a língua. Fomos para um hotel. Tirei a calça e a estendi de lado na cadeira. A mulher, na cama, já roncava! Nu, sentei no travesseiro. Deixei-a roncar, para que eu pudesse saber, no noticiário de rádio da madrugada, o destino do meu irmão. Suspendi a mão, quase toquei-a, mas a mão voltou me socando acelerada, mais e mais, até me aliviar...

Encruzilhada

Estava eu de partida, na rodoviária daquela cidade no interior do Rio Grande. Acabava-se a visita para conhecer esse meio-irmão, fruto de meu pai. Sim, ele me acompanhava na estação. Intercalávamos silêncios, frequentemente cheios de quietude, com tímidos risos, vindos de piadas que nos socorriam em instantes de pesadas reticências. Pensei quem seria a mãe dele. Nada perguntei. Nem ele se referiu à minha. Éramos meios--irmãos e talvez não nos víssemos nunca mais. Quando o ônibus para Porto Alegre encostou, dei-lhe um abraço. Um cavalo relinchou por perto. A vida seguiria.

Alimentos

Meu tio parou na porta, o sol deixando o contorno dele ondulante. Nunca se sabia seu próximo passo, se de aproximação ou afastamento, choque ou titubeio diante do pão com manteiga que ele vinha traçar na casa da irmã, minha mãe. Não havia ninguém por perto dessa vez. Nem mesmo eu, que pensava ver alguma coisa, mas que de fato não via nada, no escuro do depósito — apenas o cheiro de querosene para o qual me preparava todas as tardes, como se fosse o sal que me faltava sem que eu mesmo percebesse, ali e em todos os lugares, feito agora no metrô... Meu tio, ao lado, lembrou que eu não esquecesse de comer a merenda na escola. Da mochila veio o miasma de manteiga e, antes que pudesse me nausear, bati a cabeça no seu braço, a cochilar...

Meu primo

"O que é que de repente dá ao ar os ares de outros tempos, hein?" Pois meu primo acabava perdendo essa visita flutuante no ponto de arrancar-lhe o véu. "Olha, a mesma luz!" Mas na trilha da frase a diáfana reminiscência naufragava. Talvez ela costumasse chocar sua permanência em algum ninho remoto. "Se essa tonalidade imprecisa não se retirasse assim, provável até que eu pescasse o nome da lembrança e mais!" Depois ele voltava a seus afazeres. E eu ali, escondido dessas ocorrências que de tão furtivas e fugazes iam roendo suas unhas, a pele, a idade...

Os genros deserdados

Meus genros cobram um dote sem moedas: "Queremos resolver o mal noturno de nossas mulheres, pois elas sofrem de um idílio secreto quando chega a noite. Quando chega a noite, repetem que só o sono é a casa natural, que só o dormir expande." Pergunto se elas não estão apenas defendendo a velha sina, esses esgotos da mente a acender lamparinas, como dizia o poema com os pés gelados na tina. Eles mostram suas lâminas, falam que sou o culpado pelo usufruto anêmico de suas horas oclusas. E se aproximam. Pego o pulso do mais velho. Ele me analisa. Fecho os olhos lentamente, me ausentando em surdina.

As crianças

Entre adultos

O parto

Uma criança nasce logo além da porta do meu quarto. E eu não deverei ultrapassá-lo. Pois como acompanhar a cena sem que a ofenda? Com que qualificação a olharia? Eu, que nunca soube a hora de me engajar num nascimento. "— Olhar ou não o parto é o mesmo inferno", resmunga em mim o rancor que não fecunda. Se pelo menos possuísse o dom da previsão, eu teria escapado de estar agora no aposento que não deverei ultrapassar, aqui, me afogando, lentamente, por não poder agir nessa tarde em que a criança se amarra nas entranhas... resistindo ao grave risco do convívio... e bravamente...

Piás

Quando eu saía de manhã cedo com as crianças, os vizinhos batiam nas paredes, contrariados. Eu pedia que andassem na ponta dos pés. Ordenava que não dessem um pio — todas essas malditas reprimendas que costumamos soltar aos desavantajados de qualquer espécie. Pensei se era eu mesmo o guardião daquela ninhada que, aos berros, ignorava o meu comando. Chamei um táxi. Entrei sozinho. "Para o fim do mundo!" O carro disparou. Me veio a canção que adoravam cantar. Em plena velocidade notei que dela vinha uma beleza tímida, sussurrante até, cheia de véus...

Berço

"Todos pra cama", falei sozinho. Eu nunca tivera uma criança sob minha guarda. Nunca pronunciara essa ordem benevolente, dita por um adulto depois do apogeu do dia, antes que o sono dissolva a pretensão de se providenciar o rumo de quem quer que seja. "Todos pra cama", voltei a conclamar. Dessa vez um homem aproximou-se perguntando se eu tinha falado alguma coisa. Respondi que o meu filho tinha sumido, mas que ele voltava sempre. De repente uma criança veio ao encontro do homem. Eu me dei conta do que sempre soube, embora sem poder agir: não eram horas para uma criança estar de pé. Meio indignado, não consegui olhar para o guri nem nada. Vislumbrei a bela noite que fazia. E me levantei, suado, tentando driblar a correria do rodízio...

Fosco

Ele buscava a criança na escola. O menino rente à parede, sem elevar os olhos para não dar o gostinho de qualquer mirada franca. O homem saía do trabalho mais cedo para poder oferecer a mão ao guri que estendia a sua sem clara decisão. Quem eram aqueles dois que iam ali cadenciados, sem assunto, pausa, chocolate? Quem eram todos os que iam por aqueles becos? Cidade a bem dizer desconhecida até para os dois que se deslocavam como câmeras passando por casarios amanteigados, na ponta mais ao sul do país, a dez passos da fronteira... Quem eram eles que já atravessavam a aduana, hein, quem eram? "Quem eram?", repete a mulher de preto na coxilha, vislumbrando um pouco do país além da linha imaginária — lá onde o sol se deita, sempre surdo às ladainhas...

Agasalhos

Ele descia a escada de uma rua e não sabia cantar. Mas era sua a voz que vinha nem tão desengonçada. Entre seu corpo e o vento havia um choque que ele saudava com a canção. Ao vencer o último degrau, tudo parou. No duro: a canção, o vento, o seu caminhar. A primeira coisa que ele fez foi abrir o sobretudo, como se tivesse algum dispositivo por dentro da roupa que devolvesse a tudo o dom de funcionar. Ele abriu o sobretudo, enfiou calmamente a mão por baixo das lãs e assim ficou por um instante, a pensar. Seria ele uma espécie imatura ainda, incapaz de controlar as disfunções que acometiam a qualquer um? Virou-se, olhou a escada como se tivesse acabado de praticar uma façanha. Uma criança descia. Parecia reconhecê-lo. De fato, vinha em sua direção...

Trapaça

"Foi uma trapaça!", falei pela calçada sem meios de silenciar. Uma criança, sim, uma criança me olhava. Não pude deixar de mostrar a língua à pequena espiã. Ela devolveu, mostrou a sua língua esverdeada de sorvete. Estávamos nós dois ali em plena avenida a nos mostrar a língua, e eu continuava achando que todos nós tínhamos sofrido uma trapaça, ora! Mas naquele momento havia a criança querendo manter o jogo comigo. E vi que estava bom assim: um silêncio levemente confundido pelos barulhos da rua, uma vida toda para entender a razão das nossas expressões de desaforo. Isso, estava tudo bem.

ENTRE SI

A *fortaleza*

Ninguém notaria seu árduo empenho em esconder a lentidão. Ali, em meio àquela mobilidade quase obscena da idade. No terreno baldio, cheio de cacos prontos para perfurar os cascos dos moleques, ele se viu como um garoto perdidamente orgulhoso, de uma raça banhada em soberba. Se deu conta de sua infinita capacidade de não se render ao vexame de se sentir diminuído. Ali, diante dos colegas em surto juvenil. Ele viveria igual àquela portentosa massa a escarrar obscenidades, a escoicear o ar. Seria, sim, maior do que a força que não conseguia ter. Então correu, correu para o banheiro, fez um xixi escuro, gemeu, vomitou, riscou seu nome à unha no peito e soube, enfim, que preferia perder tudo e mais alguma coisa a ter de demonstrar para eles seu inestimável, absoluto atraso!

Aurora de risco

Se dependesse de sua vontade não parava mais, firme pela estrada de terra. Ia extraindo os passos de um vazamento de energia, ou que nome tivesse a coisa que a levava a saltar da cama a cada despertar com ímpeto extravagante, mesmo que precisasse então drenar duramente toda a profusão para a sequência sem fim. Era o seu estado agora, essa marcha reta ao amanhecer pela estrada de terra — com outras crianças rumo àquela escola de goteira abrindo valas em ouvidos frios. Passando a língua na rachadura do lábio, olhava o atraso do irmão menor. "Moleque", ela esbravejou, e não parou mais de trotar, até se saber sozinha... Entrava numa claridade antecipada, irreal talvez. Sentiu que, naqueles ares, era uma clandestina. Viu uma toca. Feito tatu, ali se meteu. No escuro, esperou...

A comunhão

Dois alunos olhando vidrados para a professora. Ela talvez trate do assunto que pode dar rumo às duas mentes — rumo!, feito o peso de uma âncora em queda livre. Mas o seu não é um tema com tal prumo. A jovem escuta a pausa, depois discorre sobre a ânsia de quem acorda com um não sei o quê que lhe faltou imaginar. Esfrega então os olhos, sem matéria pra sondar. Os alunos continuam roxos de atenção, já longe da vidinha anterior a essa catequese no meio, no meio do quê?, ah, de uma súbita floresta! No início pensaram estar envoltos pelas árvores e bichos dos desenhos colados nas paredes da escola. Agora, na morna penumbra da umidade, já se extraviaram do caminho de volta e da professora. Um chama pelo outro. Perderam-se de vista...

Chuí

Orelhas geladas, eu esperava meu amigo que estudava sozinho na casa de pedra, em plenas férias de julho. Seu pai o obrigava a estudar para merecer sair. Eu ficava vagando, me sentindo a sua parte displicente. Aí batia no galpão para matar o frio. A garota que lavava roupa atendia. Eu entrava. E assim passei a não vê-lo mais. Hoje me pergunto se, em vez de estudar, ele não ficava espiando o meu jeito aflito... Destilando sua zombaria que sempre me pareceu mais antiga do que ele próprio, da idade talvez do Sul que o acabou comendo, devagar...

OS ANIMAIS

OS CACHORROS

Altar lateral

Era ali que eu ia descansar. Via o santo das chagas. O cachorro a lhe lamber a perna. Pupilas reviradas para o alto. Expressão, aliás, digna de aluviões cósmicos, nada repousante. Percebi que um cachorro me seguia. Chamei-lhe a atenção para o bicho ali de cima — um santo, de tão familiarizado com a imobilidade do retábulo. Me apatetei um segundo, meio à espera das núpcias do vira-lata resfolegante com os céus. Seria bom se ele me seguisse por um tempo. Ainda mais agora que eu ia tentar a vida em outros pagos. O animal latiu. "Que que há?", perguntei. E tossi.

Um conhecido

Andava no escuro. Tentava encontrar sua própria oposição, uma eterna espiral. Por que não se adiantava de ponta e de uma vez? Ficava ali vendo o seu contrário, pelo prazer de urdir um pensamento que não ia além da sua promoção. Ouviu alguém tossir lá fora. O homem que todo o fim de tarde vinha dar de comer aos cachorros da casa ao lado, vazia. Foi até a janela como que disposto, enfim, a ser frontal. Assobiava. O homem olhou para cima. Um mexeu a cabeça, o outro também. Tragou, a brasa avivou-se. O cara abria o pacote de ração. O mau cheiro dos cães ofegava, subia. "Esse homem não virá mais", experimentou a ideia. E voltou-se para o sofá à cata das moedas que lhe escapavam do bolso. Viu uma. Precipitou-se meio curvado. Pegou-a...

Os gatos

Os afazeres

Começava a perceber a razão de qualquer atividade. Não era a única maneira de se afastar de si? O gato não precisava disso: podia viver pelos cantos, indiferente ao mais. Antes que o levassem para o quarto austero, só sabia rondar feito o bichano, submerso numa aparência que não se lembrava de ter visto em algum lugar. Agora estava ali, desenhando uma coisa parecendo uma gaze, por horas, até o momento do chá. Bebeu-o, a mão esquerda nos traços ainda quentes. Olhou pela janela o pátio. Uma bola parada. Desceu para encontrá-la. Pegou-a. Mirou. Fechou os olhos e a jogou. Atrás de uma coluna, um surdo impacto: alguém a conteve no peito e ali ficou. Voltou para o quarto. Fez do lençol um manto. Das bordas da pia, uma balaustrada. E se extasiou...!

Neném

Naquele dia eu soube que seria pai. Desci do elevador com as gêmeas do 703. Na caixa do correio, peguei uma carta sem remetente. Pediam certa quantia pelo fato de eu viver só. Era preciso que eu fosse taxado, em benefício dos que não usufruíam dessa condição. No carro, fui mastigando o vazio, como se quisesse me afiar. Desci nas franjas da periferia. A casa de tijolos despidos. Entrei. A gata cinza pôs-se a roçar nos meus pés. "De hoje em diante não te chamo mais de neném", falei. Afaguei sua prenhez. Cheio de um cuidado estranho, meticulosamente irreal.

AS AVES

As asas de Kane

Ela não conseguia perceber a tal ave de "Cidadão Kane", segundo um amigo a agitar asas, tomada de uma apoteose misteriosa, entre duas cenas. Não conseguira pegar o ruflar de asas em nenhuma das vezes que assistira ao filme só para isso, para poder constatar esse lampejo de plumas, pois é um verdadeiro espasmo avulso. Por que tal momento sempre lhe escapava? Adormecia por um instante para se evadir da figuração ornamental? E por quê? Saía do cinema com a sensação de estar perdendo detalhes preciosos das figuras por onde sua visão passeava. Fechou os olhos. Quando os abrisse, a casa que vendia animais estaria ali, na esquina, com o seu cheiro de serragem. Antes, soube ouvir o canto estridente daquela ave toda contida em si, toda plausível, a alguns passos, ali...

Os andarilhos

Retirantes

Retirante submerso

Quando entrei em casa, vi que estava tudo pronto. A geometria acamada por detrás dos objetos. O aroma levemente febril ao se chegar bem perto. Eu era um intruso naquele apartamento que de fato nunca fora meu. Aliás, fazia algum tempo que as coisas tinham deixado de ser minhas. Abri a cortina do banheiro. Havia um cara ali dentro, não, sem usar o chuveiro, sem nada. Apenas me pediu perdão, é, uma palavra que se tornava para mim a mais urgente do dicionário. E contrapus ao dele o meu perdão. Fechei os olhos e revi o retirante que eu fora abandonando, na baleeira, minha cidade submersa.

Fidelidade canina

A baleeira sairia no fim da manhã. Eu embarcaria para não voltar. Faria votos de fidelidade canina ao novo lugar que jamais deveria deixar, mesmo que, se enfermo, lá não encontrasse recursos. Esperavam que me aferrasse a esse destino. Não como uma preparação para correr ao encontro de uma outra geografia. Lá precisaria permanecer até morrer, só isso. Enquanto aguardava a hora, fui me despedir das coisas por ali, largadas ao relento, como se faltasse coragem para usá-las. No topo do morro vi a baleeira que me levaria se aproximando do cais. Dia parado, as águas pareciam coaguladas.

Canoa

Nem os césares tiveram essa vista, pensei ao entrar pela primeira vez naquele quarto. A moça que me recepcionava disse que eu procurasse descansar um pouco, que mais tarde iria me preparar. Me preparar, repeti olhando pela janela as linhas sumárias da canoa. E como ela sugerira, deitei-me e tentei escolher entre dormir e vagar o pensamento. Quando a moça me acordou, vi que tinha escolhido o peso animal, desmemoriado do sono. Ela começou a raspar com energia minha barba. E disse que amanhã eu despertaria com meu novo rosto. E que em quatro dias poderia embarcar.

Dois passageiros

Compassivo, quase inteiramente compassivo, assim vem se sentindo desde que soube da notícia já bem fosca, hoje. O outro, à sua frente, vangloria-se com alguma frequência de possuir uma bonomia próxima da credulidade, desde que, é bom que se diga, passou pela experiência que lhe raspou camadas da memória. O que temos agora é esse quadro. E não sabemos que ação poderá se formar daí. Empoeirados, ali, à beira da estrada para Vacaria, os dois obviamente sorriem um para o outro. Um deles parece que está prestes a esboçar um sentido qualquer, não se sabe ainda se terá impulso suficiente para lançar uma palavra, não propriamente uma palavra mas uma espécie de boia quem sabe, talvez âncora. De repente, nem isso se passa. O quadro se apaga. A cortina desce...

CORREDORES

Fôlegos

Antes que escurecesse, era preciso dar a caminhada. Desceu as escadas com uma gana maior do que seu corpo permitia. Parou. Se impulsionou de novo. Entre árvores do parque, vultos se procuravam afoitos, se contorciam. Ele se impôs maior velocidade, definiu o ritmo com mais precisão. Marchava incólume como um verdadeiro atleta. Notou uma mulher, já de certa idade, abraçada a um tronco. Parecia querer captar uma pulsação ilegível. Ele parou. Escolheu uma árvore. Abraçou-a. Viu que a mulher mexia os lábios. Fez o mesmo. Olhavam-se. A poucos passos um do outro.

O corpo eufórico

A cada quarteirão ele vibrava mais. "Sem metas", como apregoava seu professor de estética, na época em que esse terreno suscitava sérias digressões. A cada quarteirão conhecia novo ânimo. Fôlego para mil quarteirões, se aquela praia os possuísse. Vivia uma estada solitária. "Para descansar", repetia. Encontraria um jeito de não mais sair dali. "Fazendo o quê?", uma voz inclusa perguntava. Ele parou. Olhou as mãos, o corpo. "Sei, sim, que dessa pele tão cedo não sairei!" Parecia um hino súbito. Divertiu-se, encenou uma risada. Voltou a correr. E não foi mais visto.

Acampados

Corri tendo de um lado o ribeirão, de outro o aramado da propriedade vazia. Corri mesmo sem perseguidor à vista. Corri porque o vento da primavera meridional me forçava a uma urgência, é isso, sei lá, eu corria, corria. Quando entrei na tenda, vi o corpo a se remexer na esteira. Ou era o lençol afetado por sombras do retorcido da chama? Resolvi retirá-lo. Fiquei em dúvida se benzia o corpo, o maltratava, aquecia. Apenas chorei, construindo para tanto o meu esgar surrado. E me agreguei ao leito, gemi, me remexi até morrer também.

Fratura

O frio me fez desistir de entrar na fila para o show da cantora em queda triunfante. "Pra onde vou?", reclamava sozinho. Vivia uma tormenta de ansiedade, queria chegar ao depois o tempo todo, o que se dava no ato me interessava cada dia assustadoramente menos. Então fui, pus-me a correr no parque glacial. E tanto que quebrei a perna. Sentado numa súbita cadeira de rodas, observo o plantonista que me engessou limpando as mãos, óculos pendentes. Ali, invejei sua morna retidão. Uma fosforescência vazava do teto, baixava pela sala. Ninguém mais parecia perceber. O banho azulado me fazia esquecer... Até ele falar bem perto que eu já podia ir... "Hein?", respondi estremecendo, lançando sem querer um sumo de saliva em sua lente imaculada...

Passeantes

A nave

Naquela primeira manhã do ano ele tinha uma tarefa. A de não atravessar o dia como sempre. Ou seja, não mais participar de uma corrida de obstáculos cuja resolução se colocava cada vez mais adiante. Só cairia na cama quando vencesse de vez a distância para ali chegar. Começou tomando um táxi. Embarcaria num impulso que o pudesse libertar. Deu o nome de uma rua próxima. Tirou o dinheiro do bolso. O motorista, em bom tom, não aceitou. Aí caiu uma fruta no capô. Por entre a copa um raio de sol revelava uma teia completa, exemplar. A fruta, gelatinosa, ainda passava um tremor — vivia... Até sossegar lentamente, sim, bem devagarinho, acompanhando o que ele próprio acreditou então ser seu último suspiro... O rádio prometia chuva para logo mais...

OS EXCLUÍDOS

OS SEM-TERRA

Herr Ludwig

Bandeirinhas no salão da igreja, cheiro de piso encerado. E nós, na espera de o sino tocar para dar início à noite. O aroma do forno, e eu mastigando roubos açucarados no telhado. Ali, ao ouvir o trem onde um dia eu embarcaria, as ondas cerebrais se aceleravam a ponto de eu desviar meu pensamento para não gemer. Não sei por que naquela noite me trouxeram a cavalo para esses barracões aqui. Acordo sem vontade, cantando para anestesiar o esforço da colheita — já tão escassa que a cada dia a colonada alemã risca do caderno mais um hino, uma canção. Entro no mato. Ludwig, o cachorro cego, fareja os curtos socos céleres que dou contra mim mesmo. Nos golpes cai-me a calça, Ludwig a cheira. Eu o enxoto, grito, louco por um fim que me abotoe em paz...

Noites cariocas

Eles me arrastavam e eu não tinha tamanho para reagir. Reconheço que não poderia ter ficado. Quem me daria o de comer, quem diria pra não entrar na correnteza? Reconheço tudo isso, mas nunca gostei de ter vindo para cá. "Criança não tem vontade!", um homem loiro muito alto gritava. Lá me deram uma enxada. Mostraram-me umas terras reviradas, como se já tivessem mexido no que não prestava. Hoje nem sei que cor tem a enxada. Visto-me de mulher e saio de madrugada. Tenho um namorado que é também sem-terra para sempre, ele me levou escondido no fim do mês ao Rio, para casa de um camarada estudante na Uerj. De noite, no quarto carioca, ele mesmo me pinta o cabelo que vai ficando grisalho e ele não gosta, sem alarde, de leve, ninguém diz...

Os sem-teto

A sopa

Um dia por semana ele tomava a sopa dos pobres. Esperava na longa fila. Quando a concha entornava o caldo de legumes, se sentia grato de uma forma desconhecida. Como se precisasse se prostrar no chão do dispensário. Espécie de rito extraviado de sua origem, de seu possível sentido dramático, de tudo. Perfeitamente natural aquele padecimento branco, sem laceração. Aquele contato frio na laje dura. Assim deveria ter sido antes do conforto acolchoado e anestesiante de agora. Nesses momentos, era levado a expelir um pouco do soro de sua temperança.

Inquilinos

Uma sineta toca ao sabor do vento, lá fora. Espero o novo inquilino. Passarei as chaves. Minha maleta está pronta. De meu, só vejo a pera que comerei no caminho. Ele chega. Pego a estrada. Paro. Olho a casa que eu mesmo construí para o chefe. No horizonte, a chuva. Acredito que é para lá que vou. Da cintura para cima o meu corpo se adianta. Encaixo de uma vez o cérebro na marcha. E vou desenhando no ar uma assinatura larga, teatral. Na parada do ônibus, me concentro na memória das ermas badaladas. Como sempre, estou indo atrás do que não terei como pagar.

Sr. Ventura

Num repente, a velha espreita sem foco se desmanchou. Assim: o cara estava sentado no noturno de uma rua que se pôs a segredar um belo ultimato, verdade! Ou seja: as coisas ali assinariam um acordo com o dia seguinte. No leito das horas tudo fluiria. Mesmo que logo chegassem os primeiros feirantes a compor suas barracas, frutas e legumes. Ora! Isso lhe pareceria um musical em surdina. Quando o guarda lhe pediu a identidade, ele abriu a carteira como se acordasse seu parceiro para seguir viagem. Exibiu-o na tenra claridade.

OS DESOCUPADOS

Meio-fio

Em volta, a algaravia dos colegiais. Eu na esquina, indeciso entre as mãos nos bolsos ou fora deles, corpo apoiado no muro ou não... Um treino, talvez, para uma espécie de ascese que deveria me ajudar logo mais. Sim, eu estava aguardando o agente do anúncio microscópico, aquele, quase ilegível, de vida nova ou papo parecido. A promessa de uma viagem sem volta aos confins da clareza, certo, para lá mesmo, entre o oeste e o sul, pouca coisa mais ao centro, quem sabe lá, nem tão longe assim, onde não precisaríamos mais pensar em desforra, recalque, ingratidão. Mas eu desconfiava de que o meio-fio já se escoava feito areia. E os colegiais se dispersavam até o ponto de serem localizados apenas como poeira cósmica, lá, nos tais confins da clareza, às margens da grande, poderosa lassidão...

O indicado

Naquele verão fui o monitor da colônia de férias. Nunca descobri a razão da escolha. A moça me parou na rodoviária do balneário, perguntando se tinha sido eu o indicado. Meio adoentado, qualquer indicação soava em meus ouvidos como a possibilidade de algum provento, um médico, prescrições, remédios. Era uma tosse, um conteúdo alérgico, digamos, até na própria mente, uma vertigem quando parava em lugares públicos para falar com algum conhecido. Tanto que precisei sentar para ouvir de que indicação se tratava. "Sim, sou eu o indicado", balbuciei. Gostava de crianças. De modo que, quando conheci a meninada, fiquei assim como se corado, eu sei. Hoje durmo aqui, nessa cama muito estreita, muito, muito curta. Veja como já me acostumei...

OS REVOLTOSOS

O CONTEXTO

Faminto

Pois é, falo da fome. De feijão, verdura. Disseram que, por ser cantor, mesmo que das ruas, me refiro só a uma carência infinita. A algo que, por não vir da terra, provoca um apetite ausente. "Quero cantar o ronco da barriga, mais do que o da cuíca." Não adianta. Fazem de conta que da minha boca sai um convite alado. Olha: fora do expediente, fantasio minha filhinha de maçã, cachos de uva. Reafirmo assim, candidamente, o paladar. Na praça, grito a desnutrição. Os meus irmãos, em volta, preferem lacrimejar platônicos. O guarda, este se aproxima.

Pecuária

Ninguém entrava. Ninguém saía. Já falavam em escassez de gêneros. De minha parte, sem um pingo de terrorismo, não sei por que comecei a gostar de que nos faltasse pouco a pouco tudo o que costumava nos manter de pé. Pensava, na minha circunspecta meninice: "Se a coisa ficar bem rasa, pode ser que se tire, enfim, daí uma saída!" Sensação que eu não sugeria nem para uma pedra. Ficava paradão, remexendo na terra. Já disse que ninguém entrava. Ou saía. Perto de fazer um mês, vi um boi na coxilha. Os homens que no passado só sabiam argumentar aproximaram-se dele, com jeito. Com pedras o esfolaram, abateram-no. Coube a mim o coração. Com uma posta na boca ensanguentada, crua, gelatinosa, maior que a minha garganta, eu soube, sim, ressuscitar.

GOLPE E EXÍLIO

Azul-celeste

O golpe virá. Isso era o que se dizia por ali. E ele entrava naquele prédio a passos largos, uma das mãos aferrada no bolso. Não que ele ouvisse esses murmúrios, não que tivesse a menor das intenções de beber seus ecos, porque de uns tempos para cá comandava aquele prédio num embalo de sultão da espécie. Assim, quando entrou na sala que dava para a cidade quase inteira, correu ao botão que deixaria blindado o ambiente, algo aromatizado, numa luz ideal, mais qualificada certamente do que a violência tropical da luz daquela manhã. Foi quando ouviu, lá num dos miseráveis cômodos da mente, seu cão ganir de dor. Olhou a mão ensanguentada encostar na sua camisa azul-celeste. Apertou os olhos. E viu a nódoa agora difusa num verdadeiro céu de brigadeiro.

Golpe no bar

"Em maio de 64, ressuscitando do meu primeiro choque insulínico, perguntei a esmo como estava o governo Goulart. Uma voz falou do golpe de março. Hoje sei, era a voz do meu pai." O amigo que me ouvia contar se afastou. Não sabia acolher as postas das lembranças dos desmemoriados. Fui atrás. Ele estava no banheiro do bar. No chão, morto. Bati no meu peito. Desatinada liturgia de um clérigo sem bandeira. O garçom ofereceu o pano pendurado no seu braço. Cobri as feições da vítima inesperada. Meu sóbrio amigo, o primeiro corpo que eu teria de enterrar.

Plantel

Todos nós fomos golpeados naquela despedida. Não adianta dizer que não foi bem assim. Que maneiramos na expressão do pesar por vê-lo partir daquele jeito. Cabelo pintado, documento falso. Éramos todos velhos amigos. Este que fugia talvez fosse o único inocente do grupo. Na chamada para o voo, a união dos cinco como que pairava independente, vitoriosa. Quando Léo, ao se despedir, me beijou e o beijo bateu na minha orelha, pensei que os que ficavam tinham se rendido, enfim. Iam todos um pouco naquele corpo que agora já ultrapassava o portão de embarque, ali...

A LUTA

A ordem

Como o torvelinho da noite tinha terminado de triturar o fio de sentido daqueles dias loucos, como tudo isso era fato que ninguém mais podia contestar, digo que eu estava ali, simplesmente lavando minhas mãos. No início veio a ordem para que evacuássemos do ponto. Que atravessássemos o mato, depois o mangue. E que alcançássemos o outro lado ao amanhecer. Era uma praia. Ali deveríamos esperar a barca que nos levaria para onde ninguém mais sabia o nome, se é que a mensagem se referia ao nome de algum destino. Sei que naquele ponto eu lavava as mãos no mar. E que na areia um peixe se oferecia a uma gaivota que descia lenta. Um dos homens me pediu alguma coisa, esfaimado. Antes que eu entendesse, tirei meu disfarce e disse: "É teu."

O noivo

No terceiro dia de combate, o meu noivo perguntou se eu estava bem. Eu não deveria tumultuar, por um instante sequer, a concentração daqueles homens e mulheres, preparados durante anos para aquela talvez última cartada. Nos chamavam de bando, escória. Muitos dos nossos, engolidos nas ciladas. Então eu não poderia dizer nada mais do que isso: "Sim, eu estou bem; fiz curativos nos feridos, enterrei dois mortos, dei dois tiros num homem da Guarda Nacional." Mais eu não deveria dizer nem para o meu noivo nem para ninguém. Nem pensar eu deveria, só ficar ali, firmemente exposta às raias da circunstância. O meu noivo eu precisava olhar como se olha a árvore tatuada. Uma efusão amorosa talhada a canivete. Num domingo distante, já coagulado de sol, geada e dura afirmação.

Luta armada

Andava rente ao muro. Não queria que vissem o estrago que cometera contra si mesmo. Quando se viu diante do espelho, veio-lhe o impulso de passar o fio da navalha desde o queixo até a margem do olho, marcando de vez a diferença de que precisava para abandonar sua imagem — aquela, fiel à passagem dos dias, como se lhe bastasse a aderência às gradações da luz, até se enrodilhar como um cão em noites onde só restava dormir sem sono, para jamais despertar além de sua própria intimidade, essa sondagem cheia de rasuras, ilegível, porra!, interminável... Não esperava que o corte deixaria o lençol e a fronha empapados de sangue. E que, tão logo amanhecesse, passaria a ser cultuado. Como o ferido de morte num conflito do qual o mundo, covarde, já desertara...

A VOLTA

A chegada

Do avião, vi os três vultos esperando no terraço do aeroporto. Por que deveria me dirigir àquele encontro? Entrei numa cabine telefônica. Enquanto me esvaía em suor, matutava se haveria alternativa. Armava-se uma movimentação incomum em volta. Abominei vê-la de dentro daquele aquário. Não podia adivinhar que quando eu saísse o velho Vaz estaria ali. Viciosamente incomodado, como eu. Meio cego, certo, mas ainda com a verve imprudente dos heróis. Um empedernido salvador, acreditem, como não acontece todo dia em canto algum.

Prestes

Naquele sábado fui ao Galeão receber Prestes. Ele chegava de seu derradeiro exílio. E viu-se em meio a uma multidão. Eu e outros de estatura alta fomos chamados para protegê-lo. Comumente solitário, exultei como se membro da guarda de uma lenda em extinção. Um verdadeiro escudo humano ao redor do Velho. A partir dali, eu e um outro vigilante improvisado nos tornamos bons amigos. No velório de Prestes, anos depois, nos despedimos com a promessa natural de um almoço. As ruas do Rio transpiravam antes da chuva. Nunca mais nos vimos.

Os gladiadores

Os duelistas

Treinador de almas

Dois sonâmbulos crispados frente a frente sob a luz que pisca. Esboçam um duelo arrastado, sem desfecho. Chego ali aos seus ouvidos e reverbero o trêmulo estalo do osso que me mantém a guarda. A alguns passos, o porto se esvai. Só eu percebo que o mar se adensa em volta. Os dois inermes diante das cicatrizes não mais que adivinhadas. Disfarço o chiado de algum empedernido inverno no meu peito. Sou duro, exemplar. Antes que o barco também se dissolva, a pomba prateada do Divino desprega-se de um golpe da bandeira da proa e entra esfomeada pelo roxo do raio. Antes que minha mão se desmanche, faço o sinal da regra entre os dois gladiadores, já esquecidos da luta. Agora, um segundo raio esclarece a minha posição ali, sim, de treinador de almas.

Passos no cascalho

Nada poderá deter os passos no cascalho. Dirigem-se a quem faz o canto do combate entre as indecifráveis hordas. Para quê, se me submeto ao mesmo brio insensato dos guerreiros? Falem, estridentes passos! Falem e emaranhem ainda mais os versos só vespeiro! "Hein?", alicio os ouvidos. "Hein?", eu digo como em aclamação e caio inebriado no solo caloroso. Vejo alguém ali, no cinturão da horta. Levanto-me; encaro a magra figura que me espera.

Parque da harmonia

Diariamente eles se estranhavam entre árvores do parque. Olhavam-se sôfregos. Rangiam os dentes, espumavam. Como se fosse irromper uma luta mortal. Na última ocasião, um deles segurava um baita caco de vidro. Eu, que em minhas caminhadas costumava surpreender o tal confronto, nesse dia apressei covardemente o passo. Em casa, pedi para minha mulher me massagear um pouco. Ela fechou os olhos, se negando. "O que houve?", perguntei. A foto dela me assuntava com certa ironia. Retirei o lençol que protegia o sofá. Voltei mareado para minha viuvez.

O segurança

Um dia ele vai me encarar sem disfarces. Conhecerá meu caratê mental. E pedirei um miserável favor: que deixe de me olhar de sua trincheira anestesiada. Certo, tratava-se de um segurança do shopping: dissimulando-se seguia meus movimentos, a asfixiar meus rumos para a tarde. Sério: assim eu não podia prosseguir. Então parei nas barbas dele. Esquentei as turbinas, rosnei. Ele parecia a ponto de me conduzir às câmaras reservadas aos suspeitos. Esturrava-se todo por dentro. Na aparência, a fixidez de cera. Para jogar água fria, falei: "Sou fraco." E fui embora, murmurando opacas queixas para os que passavam.

OS VENCIDOS

Cidade baixa

Entrei no museu da cidade. Havia uma exposição de fotos da velha Porto Alegre. Saí a andar pelo pátio do casarão. Um tipo aproximou-se. Disse estar me identificando. Me conhecera ali. "Na época, uma chácara." Perguntei se era eu mesmo. "Sim, eras o dono daqui." Puxou então uma arma e atirou. A bala me pegou no cérebro. Eu vi: justo na porção da síntese de um estranho parasita! A mancha mental parecia anterior a mim. E como que se superava agora, reencarnando na voracidade de seu próprio ferimento. No outro lado do muro, um ganido suplantava tudo.

Encontro no museu

Precisava me esconder. Entrei no museu. O acervo de borboletas microiluminadas na sala escura. Pronunciei algo como um mantra, sei lá, um langor imprevisto, espichado. Passei a mão na boca. Senti os dedos úmidos, um material mais denso que a saliva. Não dava para enxergar a cor naquela escuridão. A porta bateu. Fui ali.

Trancada. Passos se aproximavam. Estocadas no breu. Cinco, seis golpes como se não arrebentassem em cima de mim. "Tantos anos sem dor física, não vai ser agora", pensei. Enquanto me apagavam, as asas de uma borboleta estremeceram, não sei se atrás do vidro ou na memória do assassino.

Alcova

Com oxigenada limpei a boca ferida. "Que tal um cinema para esquecer?" Foi o que fiz. Alguém sentou a meu lado, perguntou se eu tinha horas. Quando olhei o pulso, a minha mão já estava imersa no suor do estranho. "Para que temer?", o coração ditava. Tirei o batom, a cinta que me apertava as vísceras. Mostrei a jugular. Ordenei que fosse rápido, que depois de tudo trancasse a porta e não aparecesse mais. Sei que acordei no inferno. Alguém me tocava. "O que mais ainda?", perguntei, ofegando uma teimosia em tudo igual à vida. Mas não quis olhar.

Ninho de fada

Ele estava numa rinha pela primeira vez. Olhava o tio, presa fácil da fúria da pequena arena. Olhava os galos, um extraindo do outro o combustível da festa. Estar ali provocava nele a sensação de fraqueza. A sua própria respiração disparada o suplantava. Era tudo eloquente demais, voraz. Seu andamento parecia atolado. Refratário ao jogo, incapaz. Então ele entrou naquela casa. Encontrou a mulher deitada, pálida, com cara de enferma. Ela lhe pediu água, ofegante. A pia. O copo. Encheu-o. Ajudou-a a tomar. Lá fora, os homens gritavam. Ouviu a voz do tio.

Os vencedores

Varões

Quando vi a árvore ser abatida pelo minuano, aconteceu de eu também ser arrancado do meu comando cerebral. Não esperava que a coisa fosse chegar ao ponto de, no blecaute da rua, eu parar diante de um desconhecido e golpeá-lo, ah, golpeá-lo sem dó. Por que, ao sangrar, ele sorria como se eu lhe desse o melhor? Quebrei com o pé seus dentes perolados. Ele engolia ou, mais, bebia o sangue, parecendo perverter seu conteúdo... Abandono-o na lama e me apresso até o bar iluminado por uma vela que deixa minha mão tão esmaecida que com ela não tenho como abarcar o copo ou qualquer coisa que eu possa triturar e engolir com esse rum ali num trago só. Cai-me a mão, caio atrás... À espera de que o homem que feri entre no bar e me leve pra qualquer lugar.

A dança

Amanhã, mirando a sua lápide, conseguirei convencê-lo... Direi: "Se o fato aconteceu foi porque a contingência estava engatilhada." Quando ele chegou com o presente e eu o abri com uma pressa infantil... Depois de tanto tempo daquela fraca companhia, sem carga de expressão... Quando ele veio com o presente e eu o abri meio inebriado com o crepitar do papel... Bem, não pude deixar de usá-lo, ali mesmo. E contra ele. O piso negro convertia-se muito lentamente à cena. As marcas das solas já se moviam, sim, mas ainda como caranguejos...

Fogo!

O que corria ali não era água ou mel. Era sangue, entre aqueles tufos de relva ressecada. Eu tinha descansado a arma perto e custava a acreditar no que via. Vinha lá de cima, do topo do morro. Eu sabia de quem era, mas não queria acreditar. Parado ali, com a arma descansando perto. Debruçado sobre o sangue, que corria entre tufos de relva ressecada. Podia eu subir, constatar de fato o drama consumado. Ou então ficar ali, reconhecendo sem evasivas a sentença que repousaria entre as ramagens lá no alto. Quando escurecesse, desceria até o vale, deixando a fonte conflagrada do topo do morro mergulhada na lembrança, com a face ainda ativa, anterior à efusão do sangue a correr agora entre a relva ressecada. Mas não: subi, subi e encarei enfim os meus olhos duros fitando o meu temor.

Furioso!

Quis ser distinguido pelo ódio. Então vociferou contra o primeiro que passava. Discutiu, com a fronte dilatada, os números de uma conta. Sentiu-se mal para que o outro fosse infernalmente afetado diante de sua laceração. Olhou com gana assassina o vizinho de mesa. Enfiou a mão no bolso como se pegando a arma engatilhada. Que fosse algemado! Já via as marcas nos pulsos. Que fosse detido e internado num hospício! Tropeçou, caiu, quebrou um dente. Chegou em casa, curvou-se sobre o berço. A criança estremeceu, acordou. Tinha a íris esverdeada como a dele.

Guia ultramarino

Ele falava das batalhas ocorridas ali em séculos passados. Fez pausa, olhar absorto no horizonte, banqueteando-se com a lenda. Era a sentinela examinando o azul — pano de fundo da antiga sanha. "Lutavam", disse inclinando a cabeça, "sem saber bem por quê, nem para quê, nem nada". As ondas batiam no rochedo. A história espumava, ouviam-se corais de trovões e trovoadas no firmamento ensolarado. Vi uma criança se aproximar da ponta, se debruçar na amurada. E cuspir com verdadeiro furor no mar ingrato. Aí virou-se para nós. Seus dentes, cobertos de sangue. Foi o que eu disse: "Sangue!" Mas sorria como se saísse de cena, aliviada nas coxias. O guia passou-lhe um lenço puído, de um branco amarelado, talvez com pardos arabescos...

Varonil

Chamavam o Ruço sempre. Por que, se havia tantos outros? De fato, ele andava noite e dia pelo palco das tensões, entre as algas e restos de peixes, meio que pronto pro combate. Essa tendência medular para o ambiente em volta o colocava em posição especialíssima para toda a obra. Ali estava ele mais uma vez nas franjas da lagoa, impregnando-se do cheiro podre das águas, ao contrário da maioria dos outros voluntários a cuspir pelas pocilgas para esconjurar o ar da várzea agonizante. Nesse dia não o encontraram. "Ruço, Ruço!", gritaram. Ruço era o ponto trêmulo, quase luminoso, para onde os cachorros olhavam, parados, ao clamor do nome. Até que um tiro ecoou, ao longe, provocando os latidos e um suspiro que ninguém ouviu dentro da mata.

Os acusados

Os réus

A letra roubada

Naquela manhã passaram a me ver diferente. Ao entrar no Centro de Crédito, veio logo o tratamento de "senhor". Antes, afetação de intimidade. Agora, sobriedade forçada. Pareciam encenar uma infâmia que eu jamais conseguiria acessar com minhas próprias armas. Fariam o trabalho de descortiná-la aos poucos para mim. Sentei, à espera do fim da sessão. Pediram que eu assinasse. Fui assinando como um ancião, trêmulo. As letras iam se desfigurando, alienavam-se do meu traço. Vertiam seu esmalte, já analfabetas. Eu não contava mais com a caligrafia do meu nome.

Cega servidão

Soluço: recolho o sêmen para o exame. No corredor para o laboratório um cara tenta me esfaquear. Desiste, corre pelas escadas. Dou o frasco à funcionária. Cismo que sou o réu. Chego ao tribunal algemado, flashes me banham. Entro na cela, lembro que fui mestre nas Oliveiras; recomendava aos discípulos caminharem até caírem esgotados no lençol imaculado. Assobio a velha "Canção das Oliveiras", aquela da fuga para as mágoas do sono. Levo a canção comigo para a forca. Não te aproxima ainda, amigo das tumbas! A nuvem de chumbo desaba sobre a cega servidão. Ficaram duas pétalas de abandono.

Os juízes

Paradeiro

Ele perguntou se fora eu mesmo o autor do crime. Respondi num suadouro que sim, que não via a hora de ser condenado. Se tal me fosse concedido, eu acordaria num paradeiro sumário, tão sumário que certamente não sobreviveria ao meu teimoso destino. E que eu pudesse dividir esse recinto até o fim com aquele que lá me esperava. Só isso: condenar-me à sua presença sem precisar partilhá-la com ninguém. Nesse ponto o sujeito que me inquiria me arrastou para um canto, e disse que eu ia aprender de uma vez por todas a não querer ser Deus. E me deu um tiro. E outro. Mais outro. E um que se alojou exatamente aqui...

As testemunhas

Depoimento

"Ele veio daquele canto." Eu parecia falar do que passava ao largo do meu conhecimento, como se precisasse das palavras para um plano mais autorizado do que a minha voz. O cara que se dizia policial segurava um castelhano pelo braço. Para esse olhei só no momento em que, balbuciante, anunciei: "Sim, é ele." Quem era, afinal? Sei que, mirando o tal canto, vi um ralo soltando espuma. Ao me voltar para os dois, eles já iam lá na frente. O "da polícia" puxando o outro. Este deixava para mim seu rastro ensanguentado. Segui as marcas... Os passos cuidadosos me levavam por um caminho entre canteiros. "Por aqui", falei para meus pés. E senti a aragem entrar por uma fresta da camisa. Tive ganas de queimar a roupa toda, ali, no fundo do quintal.

Os condenados

Visita de domingo

Ao vê-lo quase gritei: "Sutura, sutura!" Eu não destrambelhara, apenas examinava uma frase dele: "Cada pausa, ô cara!, cada intervalo é uma boca aberta e supurada feito uma ferida." Ele só fazia repetir isso a seco, como se o ato de repetir fosse a própria anestesia. Repetir, ocupar a garganta sobretudo quando lhe atiravam a gororoba ao meio-dia. Relembrava outros tempos: deitado, olhando a abóbada do pensamento que se negava a baixar. Agora ele voltava para a cela. Lá dentro ensaiava seu para-sempre ou para-nunca-mais, quem saberia? Na saída, um mosquito me ronda. Mão na tocaia. Esmago-o num golpe. Abro a mão: sangue! Será dele?

Os outorgados

Melodia

Naquele parque pensei que, pelos próximos meses, eu não seria assaltado por nenhum apocalipse, alguma doença acachapante, sei lá. O certo é que se avolumava a convicção de que eu adquirira, com algum fosco mérito, uma espécie de habeas corpus a me isolar temporariamente das desgraças. Então me sentei na grama, no escuro, entre ramagens, e comecei a cantar uma canção que nunca ouvira antes. A canção não falava. Só modulações, como se ali minha voz cansada não precisasse transportar artérias que levassem para fora da melodia. A respiração vertia-se em músicas. Não somatizava o que só o silêncio acolhia.

Os fugitivos

Foragidos

A fúria da floresta

Íamos pela trilha. E precisávamos chegar antes do anoitecer. Num repente mais escuro da mata ele me olhou como se eu quisesse desistir. "Vamos em frente", falei num tom a desafiar minha enraizada surdina. Essa indecisão entre me alavancar ou me submeter à insone afirmação desse tal parceiro... Era o fim da trilha. Escutamos um sinal, longínquo. "De onde virá?", perguntei. Ele sangrava, tossia tudo. O verde em sua volta entrava numa espécie de redemoinho, agora tragava seu corpo já em catastrófica palidez. "Vou voltar!", berrei em cega animosidade. Pouca coisa restava, muito pouca, ó sim, quase nada. Pois vejam-me aqui... o que sou?

Refugiado

Estava eu sendo procurado. Talvez tudo não passasse de um engano. Se eles não fossem o que eu pensava? Ou se eu não fosse a figura que deveriam seguir? A dona que me atendia no hotel em São Borja parecia enfim alguém completamente negligente diante do que eu pudesse ser. Fui para o quarto com inegável alívio. "Provisório, será?" No espelho do banheiro sondei lentamente minha imagem como se foragida de minha identidade. Um refugiado de suas próprias pistas. Apenas uma face absorta na desatenção plena do banheiro, uma face já sem traços, isso, transparente, resistindo a seu modo, ali, sob o perolado instante dos ladrilhos.

Ópera zonza

Entrei pelos corredores do conservatório, no ar uma soprano radiosa. Fugia de alguém. Tranquei-me na privada. Ouvi passos no lado de fora. Só podia ser o tal atrás de mim. Sentei no vaso, baixei a calça, porque, se ele se agachasse, veria apenas os pés de um corpo em sua rotina animal. Ele queria me carregar para um servicinho na fronteira com o Uruguai. Bateram na porta. Em disparatado disfarce, gemi como se estivesse em plena azáfama solitária. Já estava de fato entrando nela; no clímax, bufei, enquanto a Rainha da Noite surtava em seus gorjeios. O cara arrombou a porta já em meio a ecos de uma ovação. De súbito, a plateia emudece. Saciada ou não? O certo é que, ali, é dele o poder. Eu me abotoo como súdito desse solo cavernoso de Sarastro.

O etrusco

Ela não gostaria se me aproximasse. Não acreditaria na virtude de um estranho. Eu, um desconhecido para todos naquela praia suja sem verão nem nada. (Tantos à espera dos barcos...) Cidadão que precisara fugir vestindo o figurino do espetáculo, agigantado para os moldes daquela população, eu era constantemente olhado por um cara de farda. Às vezes parecia guarda; outras, um colegial treinando suas suspeitas. Calculava a dimensão do meu disfarce? Me levava por uma coleira invisível até que me fizesse desistir do que em mim na certa se gestava? Voltei-me para a mulher que talvez não apreciasse o meu contato. Adormecera na areia. Serpenteava em instantes, deixando rastros de espasmos. Ou de uma dança, onde perdi as forças.

Centro da cidade

Precisava descobrir como arrancar a corrente de ferro do meu tornozelo. Falei que ia no consultório da doutora Vera. "Ah", o porteiro respondeu sem me olhar. A sala de espera, vazia. Sentei, olhei o inchaço do pé acorrentado. Peguei uma revista despedaçada, adormeci. Passou-se muito tempo, acho, porque uma parte de mim batia de noite numa porta, cães ladravam, certamente atiçados pelo meu miasma de terror. Eu batia, batia, até uma ventania levar o meu chapéu. Debruçada sobre meu ronco, me acordando, sim, a doutora, em seu jaleco meio aberto, entremostrava seios nos quais fui de pronto para fugir dos cães. No desvairado regalo, ouvia um arrastar dos grilhões. Que jeito?, eu vinha de séculos, e só agora encontrava uma, ah!, uma taverna, enfim...

Aventureiro

Alguém, pressentindo minha presença, escapara. Quem me abria a porta? Uma sombra para quem soltei um murcho oi. Logo percebi a tal ausência. Ao farejar minha chegada, não suportara o vislumbre do encontro, desabalando-se pela escada. Um cão latia para a alma fugitiva, nessas alturas talvez já dormitando em sua desvairada evasão. No banheiro, curvado sobre a privada, sem qualquer conteúdo para lançar, procurei desvendar o que em mim deveria ter provocado aquela retirada. "Hein?", perguntei ao meu inexistente reflexo no regato da descarga. Bateram na porta. Abri. "É você?", disparei. A criatura falou que não. Eu teria entrado na casa errada? Não seria tarde demais para assumir o engano? Arrotei, como se desfrutando da intimidade do melhor amigo.

Sombra gentil

Ruço, o foragido, se despede do colega de copo. Sozinho, não sabe que rua pegar. Mira-se no olho d'água da sarjeta. Que é cego. Não pode reconhecê-lo, delatá-lo. Ele vê a luz em forma de carruagem. Dentro, o profeta. Feito criança, vai. Entra. Ao chegar ao destino, sente-se meio calcinado. Sede severa. Abraça o profeta. Desliza por suas vestes, sem forças. Cai aos pés do velho. Pés, não. Raízes. Uma frondosa sombra o protege. As folhas forram a terra úmida. Dorme com a língua de uma vaca lhe lambendo a testa, orelha, lábios. Responde, se espreguiça...

Capturados

A captura

A umidade do calçamento, impregnada da iluminação, parece a epiderme de um filme em que o herói caminha pensando que talvez um pouco mais à frente, quem sabe ao dobrar aquela esquina... A rua impulsiona esse homem mergulhado num déficit sem conta. Então ele tropeça e vê seu semblante enluarado na poça: ah!, é a dele a face do inimigo, é ele e não um outro refletindo-se na água suja de uma chuva ignorada, pois não lembra direito como foi o tempo hoje, lembra apenas que vinha fugindo da imagem agora a tremular na superfície líquida da noite, vinha fugindo até tropeçar enfim e ali mesmo enlaçar a sua captura.

Ao sul

Talvez correr fosse bom. Ele correu. Parou à beira do rio. Sentiu-se a caminho. Isso resolveria as coisas. Ia embora. Ou nada disso. Poderia comprar uma dessas casas de madeira em extinção na cidade. Reformá-la aos poucos, ficar. Cuspiu. Não foi bem assim, pois lhe custou uma eternidade o ato de cuspir. Primeiro assobiou. Para dissolver a apreensão. Observou o carro da polícia parar. Quase noite. Pensou que, antes, uma síncope o arrebataria. Preparou-se com movimentos vagarosos, algo remotos. Então, sim: cuspiu. E seu coração veio junto, como jamais se viu.

Os feridos

As feridas

Expansão

Tirou a atadura para olhar o corte. Viu os pontos pela primeira vez. Tinha de resolver sozinho o jeito de continuar ferido. Não adiantava vir o enfermeiro ou quem quer que fosse. Todo o resto dependia só dele. Precisava forçar um limite, urgia agora saber qual. Tentou sentar na cama, nada lhe doía. Conseguiu. Pendurou as pernas, balançou-as feito criança satisfeita. Tateou os lábios da cicatriz. Anoitecia. Era a sua única oportunidade. O momento em que todos se afastavam, deixando o quarto na penumbra e uma ânsia de desbravar certos confins que seus passos agora confirmavam. Caminhou indiferente à dor. Surpreendeu a chama ao pé da imagem. Foi ali e a apagou. Ouviu um gemido. Mais outro. Acariciou o talho, aí avançou — bolinou o escuro. E gozou.

Samaritano

Ele batia a cabeça contra o muro. Gritava que não podia se perdoar. Não podia perdoar a ninguém que olhasse sua cena extremada, é, aqueles olhares não querendo aceitar que todos nós falháramos; e ele próprio não tinha mais condições de identificar o início dessa vil história. Como um samaritano, eu quis aliviar um pouco aquela sanha. "Ó", disse eu, "ó!". "Ó o quê?", ele respondeu parando de se convulsionar. E me aproximei, passei o lenço na sua fronte esfolada. Corei, quase fugi. Ele abriu os dentes dizimados. Um sorriso mais conturbador do que o velho desespero. "Ó!", repeti, levando os olhos para longe.

Lava da manhã

Logo em frente, o farol. Bati palmas, entrei. Vazio. Meus pés sangravam. Espinhos do caminho, seixos. Por que viera até aqui? Das duas, uma: ou, de fato, o que precisava acontecer se daria — e já —, ou eu era um mistificador de minha trajetória. Afinal, estava no Brasil, em pleno litoral catarinense e não no brumoso Mar do Norte, cumprindo o destino de uma lenda ou coisa parecida. Então pus-me a recitar uma obscura saga de um solitário epiléptico. Vi que o sol se revolvia. Que meu corpo colocava-se indefeso, feito a concha que eu pegava, apertava, moía. Um caco me perfura, eu caio, numa clara alusão às rajadas da luz.

Fim de noite

Estava tudo tranquilo, não havia dúvida de que eu estava bem. Debaixo da iluminação apalparia o corpo por onde houvesse algum indício de dor, e era isso o que eu fazia agora, tocava nessa região da perna, aqui, mas não, não era bem dor, uma sensibilidade talvez... A calça parecia bem suja de lama, ou nem tanto, é verdade, tudo estava a um passo do pior, mas, quando se chegava perto, via-se que não. Eu ia para casa procurando ignorar o acontecido. Mas quem sabe precisasse me defrontar com a dura realidade, pegar no telefone e chamar alguém. Não, não ia incomodar ninguém. Deitei. A luz acesa. Dor de verdade eu não tinha. Mas os lençóis se ensopavam de sangue. Pensei que amanhã quando acordasse ia mandar lavá-los logo cedo. E pensando nisso adormeci, devagar...

Afta

Quando acordou teve dúvidas se ainda estava no dia anterior. Ou se uma noite de sono já tinha se passado. Lençol sobre a cabeça, o lusco-fusco poderia ser o da tarde de terça. Ou o da manhã de quarta. Lembrava, sim, da afta que o incomodava sem clemência perto do dente do siso. Ferida que ele inseriu com maestria no bojo do sono, conseguindo apagar a teimosa sensibilidade que a língua, durante a vigília, compulsivamente fustigava. Por que ele estava ali, envolto naquele lençol como um lázaro, sem o menor traquejo para tanto? Se saísse da cama e começasse o dia com um bom café, o que faria depois? Encontraria amigos na sinuca? Se liberaria das conversas andando pelas ruas? Permaneceu na cama. Encostou a língua na afta. Despertando a insistente ardência.

Coragem na mata

"Coragem", falei perdido nas entranhas da mata. Imponderáveis mosquitos picavam-me os braços, pescoço. "Coragem", repeti como se numa jaculatória hipnótica. Sentei-me na pedra e tentei me escoar, devagarinho, com segurança, para fora de mim, a imaginar um longo sulco levando meus fluidos pelo musgo, para longe.

Quando vi, estava coberto por insetos reluzindo sua voracidade sob um raio coado de sol. Aí acordei: e eu era apenas um clarão em ferida, deitado na esquina. Comia da sina, como os cães. Um mendigo ajoelhou-se. Assoprou minhas faíscas. E disse uma palavra que me embebedou.

No alto

Um quadro no cimo da escada retratando uma batalha naval. Chama a atenção um ferido, debruçado na borda de uma embarcação. Ele olha para o alto. Para o homem que galga os degraus, isso sempre pareceu um ríctus viciado. As pupilas do agonizante a procurar lá em cima o que poderia estar aqui embaixo, defronte, ao lado, atrás. Por que sempre no alto, nos estertores, nos confins da luz, hein? Ele se pergunta apagando a lanterna. Agora entraria em surdos passos no quarto. O que teria de fazer precisaria apenas do escuro, nada mais.

As sequelas

Atrás da cortina

O tapa-olho escondia um núcleo rosado que ele nunca vira nem ao cumprir o asseio matinal. A coisa nascera de uma febre fruto de um cochilo, na campina perto da fábrica onde perdera o olho. A marmita vazia ao lado. Passava o trem por perto, e ele costumava guardar uma espécie de surdina da locomotiva para ouvi-la ao adormecer, misturada talvez à sirene de um navio, tudo agora em leve infusão pelo poço do olho. Esse artifício lhe tirava da vigília. Com a segurança de que, logo mais, daria na margem, novamente. Nessa noite o sono foi tão custoso que lhe sobreveio a febre, a fomentadora do tal núcleo rosado que ele conhecia só do sono. Para que servia esse ponto, qual sua utilidade? Isso nunca soube, simplesmente porque, sonolento, sonolento, nem se lembrou de perguntar.

O passo de prata

Apoiou-se no cabo do guarda-chuva para se firmar melhor. Esperava o ônibus... Já sentado, apertou a perna direita. Desceu, o guarda-chuva feito bengala. Seguia uma linha imaginária para não cair na rua vazia. Sob o subúrbio descia uma noite precoce, um prenúncio de tormenta no meio da tarde. Entrou no terreno baldio. Ao longe, uma voz cantava bêbada. Sorriu, disfarçando a tentação de desistir do que fora fazer ali. Mas reagiu, arregaçou a calça e olhou a perna sem pudor, pela primeira vez a céu aberto: a engrenagem de aço, da coxa ao pé, no tom carregado do céu, logo recebeu os pingos que começavam a se alastrar. Era o primeiro passeio da perna mecânica. Abriu os braços com instinto jovial. E deixou-se ficar na tempestade, convalescendo mais e mais...

OS CONVALESCENTES

NOS HOSPITAIS

Na clínica

No pátio mirava as árvores, quando transferia para as frondosas estaturas o que lhe faltara até então supor. Ensimesmada, em busca de uma natureza que, por pertencer ainda a outra esfera, se esquivava. Se esquivava, fugindo das pressões daquela cabecinha a torrar seus miolos sob o sol (antes que a chamassem de volta ao terceiro pavilhão). "De volta", repetiu três vezes, a andar. Ia cumprir sua larga tarefa. Uma verdadeira incursão no repouso, monitorada por uma residente tentativa diária de devolvê-la às raias das santas circunstâncias. Acompanhem seu itinerário, agora, entre um sono provocado e o novamente desmemoriado despertar... "E aí?", pergunta o rapaz de branco. A cortina rasgada esvoaça no fim do corredor. Ele vai ao vago encontro, desiste de esperar...

Fulva esfera

Quando abri a porta do quarto do hospital, vi a face do meu amor irradiando uma esfera fulva. Obra na certa de algum deus, a fabricar maravilhas no seu covarde esconderijo, chamado por nossa ignorância de mistério. Mas via a face do meu amor resplandecer. Sua voltagem extremada não devia a ninguém, salvo a seu próprio estertor. E me ajoelhei feito um idiota. Na vidraça, a manhã prevista, os moleques em suas piruetas e gritos. Palavras: eu as trituraria agora com meus parcos dentes. Era a vez de chegar à beira do leito e beijar a mão do meu amor, mais nada.

Visitas

"Quase não choro." Cabeça no travesseiro, o amigo doente me perguntou qual a fonte dessas raras lágrimas. "Talvez seja um simples vazamento de sais, provocado pelas paradas que tenho ao sentar para o trabalho, o que me deixa por segundos submisso ao recorte da janela, com a baba bovina pendurada e tudo." Do amigo veio a saliva num sorriso. Então cobriu a fisionomia. E dormiu. Saí pelas ruas como gosto de fazer na parte nobre do meu tempo — naquela época já um vício que eu mal começava a aceitar. Vício de me sentir em casa ao ouvir os passos surdos na calçada. Só paro ao verificar que Deus baixou, pontualmente mais uma vez, na pele sombreada atrás do vidro daquele carro velho. Com um motor que, para meu deleite, ah, custa sim a pegar...

O leito vitorioso

Ali, o enfermeiro. Na vidraça, as linhas nervosas da avenida. Aqui, máquinas mantendo desenganados com o gráfico das pulsações. Procurando o leito dele eu concluía: "Seu apego à vitória é vigoroso, vocês verão: é capaz de enterrar até o meu caçula." A máquina que respirava nele ecoava um som cavernoso. De cena de terror. Ou farsa. Sem sentir mudei de agonizante. Um moço que balbuciava alguma ânsia pelo resultado de um jogo. "Três a um", blefei. "Para quem?", ele sussurrou. "Ora!, para quem podia ser?", respondi em minha santa ignorância de qualquer partida, mas embalado, de fato embalado por uma fulminante, inefável vitória.

A nata do instante

Entrei no quarto 9. Do meu quarto antigo costumava ver um lençol esvoaçando num terraço. Perguntarão: "E daí?" Daí que aquele lençol não era só um lençol. Dentro dele, eu via, se descortinava um estro taciturno, a clamar aos meus ouvidos. "Siga-me até o centro nervoso deste instante aqui, este mesmo, banal, eu sei, e já!" "Ai!", eu respondia. Um enfermeiro me cobria agora. Desconfiei ser o lençol do terraço. Murmurei que eu estava pronto para segui-lo. Lembro de um entorpecimento. Que não deu tempo de me preparar para depois. Depois?

Anatomias

Viveu de esguelha. Até chegar perto da velhice, quando veio a história. Para ouvi-la, eu como que me subtraía do ambiente e feito pasta me misturava a essa parva lenda. Pois o homem cansou-se de si e pelas ruas começou a bradar o desencanto. Que ninguém seguisse as insanas linhas do seu vulto. "Elas me foram dadas antes que eu soubesse!" Anos depois, entro no hospital para a minha internação. Junto as mãos e seus estalos. Elas parecem aderir à antiga, descabelada tese. Recuam, escondem-se nos bolsos e desfalecem, lívidas.

Uva

Quando, em maio de 64, ressuscitei do meu segundo choque insulínico... O que houve? Nada demais. Ao lado da cama, um prato com uvas escuras. As cascas, depositava-as sobre as pernas do pijama que eu usava. E não via nisso nada de anormal. Ao contrário: compunham belos brocados sobre a flanela rosada. Lembro que alguém, em alguma outra dependência, gemia, enrolava a língua, berrava. "Vive a convulsão da qual acabo de sair?", me perguntei. E cuspi com força uma uva. Ela atingiu o uniforme do enfermeiro que chegava. A mancha sorria. Agradecia sua púrpura presença.

Querência

Na terceira vez que ressuscitei de um choque insulínico, a tarde se dourava, madura. E já se acendia em mim como se uma falta do coma que eu ainda nem sabia ter vivido. Era a sensação de que eu saía de uma desordem inacabada, que não ajudaria em nada a me recompor para o convívio. Meu pai me olhava esmaecido. Já que qualquer conversa estava interceptada pelo meu torpor, acenei. Ele também. Eu iria passar o então "feriado de São Pedro", padroeiro do Rio Grande, em casa. "Vamos", falei, observando, em sua mão calosa, a maçã resplandecer inteira como um brado.

Cercanias

Quando passava por aquele desenho no muro, eu disfarçava, me socorria. Até que um dia não consegui me desvencilhar de suas vorazes artérias. Fiquei ali, sem sequência, restrito a incontáveis súbitos. Sob a crista já gangrenada de minha própria guarda. Abriguei-me na lanchonete do meu pai, fingindo estudar para as provas. Eu ouvia as conversas dos conhecidos, tentando esquecer a eletricidade maníaca do tal devaneio rupestre. Até que me internaram no sanatório da Paz, ali. Agora rondo pelas cercanias, para ver se consigo me espiar.

Em casa

Sombra sucinta

Ao entrar na sala de espera do consultório vi que me pegariam como cobaia. Por quê?, perguntariam os xeretas. Ora, porque eu era único naquilo que buscava, ali, num cubículo seboso no centro da cidade, enquanto lá embaixo os ambulantes gritavam mercadorias. O que eu buscava, é isso? Ah, não vou contar. A esfinge supurada que dizem ser eu viraria matéria de chacota. Resolvi me ajoelhar, isso eu abro. E aí, bem manso, deslizou um barco no lago parado na minha consciência. Dentro dele, uma mulher com sombrinha aberta sob o sol. Quem era? Por que não me levava na sua sombra sucinta?

Sem título

Todas as noites abria a porta do quarto e dava o remédio ao amigo. Quase sempre o amigo já estava soterrado pelo sono — ronco de síncopes, paradas bruscas, frêmitos. Não acendia a luz, sacudia-o com cuidado. Entre os lábios ressecados, colocava os comprimidos, à beira do copo. Sentia-se então pronto para descansar. Pouco lembrava da fisionomia do enfermo, apenas via a massa escura sobre a cama, recebendo o medicamento que já nem lembrava para que servia, ou se realmente servia naquelas alturas para alguma coisa. Nessa noite não dormiu. Saiu assim, descalço, com uma lanterna para andar pelas ruas, sabendo dos riscos urbanos, acentuados pelas lâmpadas queimadas da cidade. Caminhou, caminhou, até dar de cara com um cão. Que veio lamber-lhe os pés...

"Larva Tropical"

Desci do carro com as dores de praxe. Eu precisava escondê-las para que não se formasse um complô de exames e veredictos médicos. Meu corpo, grato, resistia, heroico: venerando em silêncio, acumulava dores, fisgadas, tonturas. "Entregarei aos vermes o segredo da desdita", brincava com meu rancor. Pois saí do carro, a mão na região lombar, e comecei a admirar o hotel entre as palmeiras. Sentei na cama e vi o quanto eu ia deixando passar ao som de "Larva Tropical". Lá embaixo, em volta da piscina, a garotada em farra: corriam, um baixando o calção do outro à força, aos berros. Escurecia.

Mouro

Tomou de si um afago tímido, tremulante até, e o suspendeu no alto, enquanto pensava quem poderia receber o que já se desfazia no ar, sob a marquise descascada da esquina. Perto, uma ambulância com a porta traseira aberta, à espera sabe-se lá de quem. Olhou, sem muito fixar, a maca lá dentro. O cobertor dobrado. E continuou, porque não seria ele a parar naquele ponto, espiando a exposição da vaga para uma dor alheia — ou não, pois aquela ambulância poderia estar em perfeito descanso, aberta assim só para arejar. Era um dia quente, disso tinha certeza, e mais certeza teria se cumprisse até o fim o que estava a fazer naquele instante: entrava no quarto, ligava o ventilador, despia-se, deitava, morria para o mundo como um mouro que desfalece em sua tenda no deserto, enfim...

Nevralgia

Uma porta a bater. Papéis esvoaçam na ausência do almoço. Com um tijolo estanco a porta. A vizinha lava. "O que houve?", pergunto. "Como assim?", ela responde mais feia do que nunca. "Não, não foi nada", concluo passando a mão no peito, à procura de minha nevralgia benigna. Mas essa quase grata pena anda sumida, quem sabe levada pelo ralo de um gozo que nem percebi. Pois eis-me aqui, todo acostumado com a súbita voragem que nunca se converte em dor completamente, a se eriçar em saltos mortais entre as costelas, logo aplacada por uma carícia no diâmetro cardíaco. Enfim... Olha a vizinha... Não parece o filho travestido?

Feriado

No rádio, o médico falava da população cada vez maior que não se deixa examinar. "Quantos corpos se recusam ao abandono diante das mãos desinteressadas desses profissionais! Quantos não preferirão abrir seus danos apenas ao submundo dos vermes?" Isso ele dizia, enquanto no apartamento eu imitava um pretenso convalescente apoiando as mãos pelas paredes. Um talho de não sei quantos centímetros no peito. Até que olhei pela vidraça a horta do convento, cercada de arames eletrificados. Uma freira molhava pés de alface.

Campos de algodão

Quando voltei para casa, a estação mostrava-se confusa. Pés frios, suor vingando. O médico dizia ser assim mesmo nos primeiros tempos. Eu me perguntava se iria além desses primeiros tempos. Não que me sentisse mal, a ponto de sucumbir. Aliás, nunca me sentira tão imediatamente bem. Tudo liso em volta, sem aspereza oculta, sem titubeio, malícia. Como se pisando em algodão. O fato é que, dessa forma, não podia surpreender em mim nenhum ato contundente, nenhuma perdição. Não via como aquilo, assim, pudesse gerar consequência, força de continuidade, franca duração...

Os artistas

Os músicos

Festival de Inverno

Abri a porta do chalé. O mestre holandês no seu violino. Ele parou, tentou me reconhecer, a mim, um obsequioso e cansado maestro. Nós dois, que não fôramos ainda apresentados, dividindo o mesmo chalé. Sem música, ele parecia mais velho. Entrei no que seria meu quarto. Havia ali uma criança com o indicador na vertical sobre os lábios. Obedeci, continuei calado. Saiu-me um bocejo. Despertei deitado no tapete, sem coberta. A criança ressonava na cama. Levantei quase desistindo da empreitada. Na névoa da janela o primeiro ônibus da manhã descia a serra.

Corpo na mesa

"Que sedosa aquela pele." Não, ele não tinha razões para aquele encantamento todo. Talvez por isso mesmo se encantasse. O certo, o palpável é que estava naquela terça-feira à tarde. E que havia o ruído de uma serra mecânica pelos arredores. Só podia contar com isso, nada mais. Agora, talvez, fosse para a cozinha e abrisse a geladeira. Que estava, sim, vazia. De novo muito pouco, quase nada. Era obrigado a concordar. E ele, um flautista que tirava seu ralo sustento da flutuação musical, pôs-se a tremer severamente. Olhem: o corpo inteiro de braços sobre a mesa. Tudo porque não queria destilar enjoativos licores de sua fragilíssima situação. Num repente, estancou os tremores. Virou-se. Fingiu-se de morto. E sentiu um arranque brutal para fora de sua escassez.

Porto Alegre

Vapores do frio saíam da minha boca. Abri o portão maldizendo o ruído do cascalho que eu deveria percorrer ao me dirigir para a primeira aula de canto. A mão gelada, quando bati na porta, emitiu uma dor de osso desencapado. Uma criança negra abriu. Perfilei-me ao lado do piano. E a professora? Eu só via uma quantidade impressionante de frascos de remédios sobre a mesa.

Escutei uma tosse. E ela então apareceu num robe que me deixava entrever uma brancura extremada, a cicatriz rosada, parecendo recente, no peito que eu diria levemente arfante. Lembro que tonteei, fulminantemente incrédulo diante do meu destino de cantor.

Seresteiros

E se não encontrasse mais seu timbre? Só tinha isso para ser amado: o canto, a sua melhor impressão digital. Por que as canções tinham vindo tão cedo, muito antes da mudança de voz? Apreciavam seu caráter no fio da melodia... Percorria o ar um toque que ninguém mais poderia imprimir. Agora, da garganta vinha uma coloração sem a mais pálida lembrança da anterior. Se ainda pudesse dizer com o tal do olhar... Mas este já boiava hermético, parecia sem fundo, raiz. Nas aleias do parque Farroupilha, abria então a camisa e mostrava seu feio talho. Que o tocassem! Achava que assim escutaria a sua antiga voz. Mas ninguém o enxergava. E, se o velho timbre voltasse, teria ainda o que cantar? Devolveu o botão à casa, lentamente, voltando a uma certa sensatez...

Os poetas

Nata

Por anos servi de mãe para aquelas crianças que custavam a crescer, como se lhes faltasse crédito perante a natureza, é...! Eu, homem dado às artes, ia deixando escapar dia após dia aquilo que em língua afetada vê-se como inspiração, sim, deixando escapar porque uma hora era aquecer o leite, outra dar remédio, logo adiante ajudar nas lições. Foi então que comecei a me afastar deles, me transformando lentamente na mulher que eu sonhava ser: solitária, reclusa, morrendo aos poucos de um verso escuso que ia sorvendo a nata do meu peito, sem cessar.

A presença

Se passasse na rua da Praia, entrava na livraria Ventura. Lá ficava o poeta com aquelas crianças em volta. Dessa vez a fotografia não estava ali. No instante de se dar conta da ausência, aproximou-se um homem a lhe pedir uns trocados. Sem trabalho, não tinha para a condução. Ele, sem querer, desconversou: "E Walt Whitman, você leu"? Pois era o poeta preferido do desempregado. Sentia falta do retrato dele com as crianças, ali. E apontou para o claro na parede. Foi quando um trovão cortou o fio da tarde. Eles já estavam ilhados.

Havana prometida

Ela vai para Cuba fazer um tratamento para voltar a enxergar. Foi acometida na infância por uma enfermidade de nome longo. Se lembro, nele cabia até a palavra "constelação". A moça escreve belos poemas. Me liga de madrugada pedindo que eu os leia. De um gosto especialmente. Fala do "sabor relutante da noite". Sento na cama. E vou recitando preguiçosamente as sílabas de sua verve sinuosa. Ela vai para Havana. Talvez volte enxergando um pouco. Ou um pouco mais. Diz que consegue ver alguma coisa. "O quê?", pergunto. Ela me olha aí com tal ardor que entendo.

Os palcos

Pólen

Quem fosse à igreja em nove primeiras sextas do mês, sim, seguidas, ganharia a salvação... Para compreender, ela pensava num instrumento metálico retirando um corpo do breu para depositá-lo num recinto esbranquiçado — ambulatório sem pacientes, sem até o responsável por esse local apagado demais para uma franca utilidade. Vagamente tocada pelos quartéis dos arredores, ela desce os degraus das Dores; sua língua (pincelando o lábio seco) no espremido foco da sentinela. Cega-a, a claridade. Assim mesmo apara uma penugem creme... Sopra-a, vai junto... Para onde?, para o sábado... Uma guitarra ao longe... Não, não uma, duas; e mais um baixo, bateria... Sobe no tablado, alisa a saia, mira a porta... Avista um contorno que entra, entra e se acomoda...

Xucro

Ela dançava, dançava, enquanto eu, atrás de uma coluna, acompanhava certo movimento relutante, já avulso, quase extraviado daquele primeiro ensaio que me permitiam observar. Ela dançava... E eu pensava sobre o que faríamos nós dois depois do ensaio. Talvez fosse bom que a música se alongasse. O tempo de eu deglutir, em seus gratos compassos, alguns entulhos do dia. Ou de fugir talvez, involuntariamente, como quem fosse ao banheiro e se afogasse no espelho. E fui. E voltei. As luzes, agora, apagadas. Ao tatear no silêncio, eu fabricava uma periclitante, cega coreografia. Até encontrar a porta. Trancada. Alguém brincava comigo? "E alguém me ouve?", eu repetia, sempre no mesmo tom, sem modulações, como um canto gregoriano apelando à surdez daquela escuridão...

Astúcia

Na feira ele não viu as frutas. No largo em frente inauguravam a estátua da bailarina. Um homem pedia, apontando para o bronze, que não esquecessem sua "lição alada". Ele vinha à margem das compras. Da feira lhe ficara apenas uma sacola de palha, alguém soltando efusivo o preço das bananas a quem precisasse de "potássio para dar adeus às cãibras"... Ele entrara no círculo dos adoradores da diva. Certa mulher parecia uma irmã da homenageada: olhava dolorida o canteiro de violetas com cara de recém-plantadas. Ele poderia fazer da manhã o que quisesse. Mas tudo lhe parecia bem naquela roda. Bastava ficar ao sol, junto da espécie de seita, sem o vislumbre de um programa que a pudesse manter ali nem se por mais dez, 15 minutos...

O foco

Ele toca, com cuidado. A mão sente, devagar. Primeiro uma saliência calosa, como se fosse a beira de uma cratera. Os dedos descem, parece que em direção à arena. Pedras pontiagudas, logo um terreno arenoso. Os dedos avançam. Procuram um centro, a esfera nuclear. A mão suada para, descansa um pouco, sente a textura ainda íngreme, sempre pedregosa. Coberta de sinais prematuros para um sujeito ainda forte como ele, recebe em cheio a grosseira luz daquela hora. Um homem sem chapéu, camisa, todo áspero de vento. Seus dedos, ciscando ali, na terra, sonham às vezes com outra consistência... O que ele faz em pleno meio-dia, cego de sol? Prepara as primeiras filmagens. Para amanhã cedo. Por isso seu tato se aproxima do centro da cratera. De onde tudo deverá partir.

Os pintores

Dark room

A pessoa entra para ver as obras de Rafael França, esse cara que ela conheceu há mais de 20 anos em Copacabana, em pleno Carnaval. A pessoa senta-se diante dos vídeos deixados por Rafael e sabe da trajetória dele: o artista vive anos em Chicago, morre em 91. A pessoa está sozinha na sala, diante do amigo que não pode mais tocar, é tela. Até o fim da Bienal do Mercosul a pessoa diariamente faz suas últimas visitas a Rafael, em pequenas porções matutinas. Depois ela já não saberá mais de Rafael nem de si própria, depois vem o verão e tudo o mais... Na sua última visita essa pessoa entra onde havia um vídeo com o artista testemunhando em inglês, mas não há mais o vídeo, só o escuro, e essa pessoa tateia, tateia, tateia até encostar num lábio que ela beija, em paz...

O MUNDO

A GEOGRAFIA

CALIFÓRNIA

Bodas no quintal

Em El Cerrito, próximo a San Francisco, passei uma tarde suspirante por uma húngara e um brasileiro que se casavam em seu quintal bem ecológico, cheio de macegas. Um professor de filosofia comentava seu amor por Leslie Caron. Sentada como todos numa cadeira de cozinha, uma estudante africana contava repentes de sua infância em Londres. Eu? Pobre de mim, quieto, sem disposição e competência de parolar em qualquer língua, pensava na morte da bezerra, ou melhor, mentira: olhava a noiva e o noivo em suas roupas displicentes e pensava que logo, logo eu também casaria. Ah!, me surpreendi suspirando no último metrô.

Suspense

"Calor!", falei. Ele parou o carro em Bodega Bay. Mas eu não queria tanto recordar os ataques de pássaros do filme feito naquele lugarejo. Talvez gostasse de ver a quantas andava o suntuoso pânico das crianças a correr. Pedi para ser fotografado na frente da escola. A sua longa preparação do clique me cegava e amolecia os miolos sob o sol californiano. Quando voltei da incandescência ele não estava mais ali. Rangi os dentes, feroz. Depois pensei que ele talvez tivesse sumido na revoada infantil que eu não soubera encontrar. Maquinalmente, sem motivo, me pus a mancar. E agora? Será que desse jeito me dariam uma carona?

Passagem do ano

Quando entrei na igreja de religião imprecisa naquela estrada da Califórnia, um pouco para descansar, outro tanto para contemplar a liturgia (vinham vozes lá de dentro), pois, ao entrar, me deparei com pessoas prostradas no piso, como se afirmassem uma fé desmedida, algo assim, e pensei que faltavam oito horas para a passagem do ano, passei a mão na cabeça e vi que precisava cortar o cabelo para a festa logo mais na casa do amigo coreano que vivera a infância em São Paulo. Antes de bater na porta, percebi que ele cantava "Insensatez". Noite de cantoria!, pensei efusivo.

Marilyn no inferno

Ele caminha por uma avenida de Los Angeles, fazendo hora. Aliás, tem ocupado o tempo só buscando fazer hora. Veio de muito longe para um compromisso. Mas, até agora, a estada não passa de uma introdução fantasma. Se vê de repente numa espécie de pátio entre edifícios. "Não é um cemitério nanico?" Acreditem: ali, a minúscula sepultura de Marilyn Monroe! Ele toca. Aturdido, pede intercessão à lápide: "Que o encontro aconteça logo!" Para poder voltar sem tardança a este ponto, aqui. Este, onde ele tira o sapato farejando chuva. Este mesmo, onde poderá ficar, assim...

O pouso

No aeroporto, o funcionário da imigração resmungou diante dos papéis do meu contrato com o instituto em Los Angeles. Por um vidro, via-se um trecho do solo esturricado do sul da Califórnia. Eu treinava em silêncio: "Sou dos raros com essa especialização." Faltava um carimbo do consulado americano, sei lá. Custavam a me liberar. Uma flor brotava de uma pequena erosão. Em pouco mais que um poço de luz. Nesga de paisagem tão insignificante que me arrependi de ter passado 12 horas num avião para dar de cara com um terreno anódino, que eu até poderia ajardinar. Mas não sou jardineiro. Vinha por uma razão mais imponente. E procurava pelos bolsos qualquer coisa que eu pudesse segurar, reter com força, talvez, até sangrar...

EUROPA

Penumbra na ponte

O frio de Estocolmo. Eu morava no que romanticamente chamamos, nos trópicos, de mansarda. Mas de mansarda edulcorada aquele cubículo não tinha nada. Eu era pago por uma fundação para escrever. Quando andava pelas pontes da cidade, ia tangendo uma coisa meio indisciplinada que me abria caminho. Entenderam? Nem eu. É que na época estava enlouquecendo. E sabia que ali, na próxima esquina, o serviço de saúde poderia aparecer e me levar. O que acabou acontecendo. Pelo vidro traseiro fiquei olhando as marcas das rodas na neve. Sem pensar

Helena em Londres

Há sempre alguém na redondeza batendo com o martelo. Um conserto, uma reforma? Sei que o som de descabelada utilidade conturba minha espera. De um telefonema de uma filha. Está em Londres, conhecendo o homem com quem se casará em maio. Maio, sempre maio, enquanto eu aqui noto que o sol consome o tapete e que minha saia se esfarinha com o injusto martelar. Quando Helena liga, contando que tem um tarado a perseguindo no parque de "Blow Up", sou eu que me desmancho atropelada pelos fatos. Passo meu resto na memória da pele... da gengiva...

Festival 500 anos

Saía eu do King's College, depois de conversar informalmente por duas horas com leitores de traduções de livros meus, quando os urros para um gol inglês contra a Alemanha explodem num pub próximo. Tão espumantes de cerveja pareciam aqueles londrinos, que não contive a sensação de estar diante de "hooligans" reconhecendo em mim um imbatível brasileiro de todos os torneios. Diante de bárbaros do topo do planeta. Identificando o representante de uma espécie que tem nos pés o tirocínio de arrancar o brado do gemido. Operação que eles tentavam agora desesperadamente recuperar. Eu juro que também gritei. Poderia dizer que fiquei apreciando o vômito britânico. Mas, na verdade, gritei. Um me olhou. Me reconhecendo, sim. E veio. E esturrou.

Rio Grande do Sul

"Bambas da Orgia"

Ele era um sambista da "Bambas da Orgia" e pensava em sumir. Está na chamada "Esquina Democrática", bem no centrão de Porto Alegre. Ouve os amigos, cala-se, escuta uma sirene no Guaíba e se dá conta de que prefere desaparecer a continuar sem Rosa. Vésperas do desfile de Carnaval, no qual será um mágico a pinçar odaliscas de um aquário. Terão um belo desfile, mas ele quer sumir. Encontra ali a irmã que pouco vê. Antigas lembranças de pelúcia. Um guri lança com força uma obscenidade. O projétil se estilhaça no ar e cai, manchando os sapatos brancos do sambista.

Cristóvão

Caminhava eu pela avenida Cristóvão Colombo, em Porto Alegre, quando me deu vontade de assobiar, coisa que não fazia direito, ao contrário de cantar. Pois veio o desejo de assobiar, talvez como um marujo na folga de suas operações no Guaíba. O tímido sopro disfarçava a palpitação afogueada desse praça sem trégua e sem batalha. Vou pela Cristóvão feito o colegial que fui na mesma rua. Olha a velha palavra no poste!, talhada a canivete. Ainda vive! E agora estou aqui, diferente de mim, submisso à criança que me puxa pela mão. Mas o sol de março ainda é o mesmo. Toco um pouco na palavra em brasa.

Avenida Farrapos

Chegava ao descascado edifício Minuano, no fim do dia, como um lavrador em sua tapera. Sentia cócegas na mente ao se imaginar numa gravura do reino infantil, no interior de um livro bem seguro, capa dura, bom papel. Vinha-lhe a sensação de que não adiantava mais se opor. "É mesmo?", uma voz reclusa lhe acena sempre. Ouvia a mandíbula avariada no afã de engolir o éter do sono. Os parcos elementos do leito germinavam um catre. Agora enfia, com precisão, o dedo no nariz, à procura do ponto mais ermo de sua identidade. Depois afasta com esforço a lápide. E põe-se como que a lamber o rutilante odor de Lázaro.

Praça da Alfândega

Num domingo à tarde fui receber as cinzas portuguesas de minha mãe. Que morrera em Lisboa, na madrugada do Divino. Atravessei a praça da Alfândega, centro de Porto Alegre, todo enregelado por um vento que me tangia justamente na direção do cais. Àquela hora, bem deserto. Não desolado como hoje. O navio apitava puxado, como se já tivesse pouco de si para extrair. Entrei por seus escuros corredores, à procura da urna que eu deveria enterrar antes de escurecer. Aberta a porta de uma cabine. A pequena caixa. Exposta sobre a mesa. Um homem ao lado, meio sentinela. Na caixa pousei a mão. Sobre a minha veio a dele, fria.

Prodígios

Durante o Fórum Social Mundial, um participante da Suécia teve uma insolação no parque Farroupilha. Aliás, não se sabe se foi isso mesmo. Sabe-se que sentou num banco e que logo veio um engraxate. Serviço pronto, ele não recolhia o pé. O sapato continuava exposto, ali. O moço loiro tinha entrado numa espécie de rigidez apoteótica, sem passado ou promessa de futuro. O moleque começou a contar alguma coisa com jeito de bálsamo para a ocasião. Relatou a Paixão de Cristo encenada no Morro da Cruz, a cada Semana Santa. Quando Jesus morre, alguém fabrica, não se sabe como, um trovão, que põe o povo a gritar. O engraxate grita para mostrar. O homem se sacode, volta a si. A criança, aliviada, corre para se banhar no chafariz.

Sul extremo

Eis-me por Pelotas em direção ao Carnaval dos mortos. A mortalha com a cauda pelo asfalto. Sou alguém que com nada se parece. Não sou rei, cardeal, vivo naufragando nas águas dessa imagem. Visto o que escondia num aquário tinto para inebriar essa viagem — tão irreal que minhas sandálias me sobrevoam feito naves. Dói-me na mão o calo da escrava. Sou aparição confessa. Ao chegar ao Laranjal terei enfim um sumiço enluarado. À beira do mar doce de fato a molecada vem e me escoiceia, sou levado morto em andor e enterrado vivo, na terra não me encolho com as pedradas — pétalas. Sou a Baronesa sem o seu Museu, dele só levo os galões de uma farda ilustre por baixo das anáguas. Aqui menstruo pelos poros, ah!, e me desfaço em lendas, sêmen...

O missionário

Não conseguiu assinar direito a ficha do hotel. Parecia que alguém se infiltrava em sua coordenação. Tinha descido num frio do Sul brasileiro, frio até expressivo se comparado ao cálido julho na Holanda de 18 horas atrás. No banheiro, abraçou uma porção de si, algo que, por estranhar a própria pele, tomava uma conformação alheia, no ar. Encostou sem querer no botão da descarga. Atordoante a energia das águas. Paralisante a teimosia da enxurrada. O terror se avultava em oferenda à sua nova missão. Se conseguisse voltar àquele ponto já brumoso de distância... Lá, onde nem poderia mais se radicar... De pé, contraiu-se todo para se manter coeso ali. Na névoa da ducha, divisou uns lábios sussurrando o que lhe pareceu um nome precioso, impreciso, em botão!, talvez...

Rio de Janeiro

Sépia suspirante

A primeira coisa que vi do Brasil foi a praça Mauá. Estava chegando num cargueiro. Saí do portão do cais e dei de cara com aquela paisagem no centro do Rio. Chovia. Perguntei a uma moça, no meu espanhol arrevesado, onde era o Catete. Ela mostrou um ônibus. Agradeci, fiz sinal como se tudo estivesse a minha espera, e encharcado pensei que aprenderia logo o português para poder trabalhar de tradutor da minha língua. Pensei então em verter o poeta deste canto: "Vai/ traduz a sépia suspirante/ ou nada/ que nada é traduzível além/ do exíguo ponto em que o grito almeja/ a dor de outras esferas."

Arrocho

"Tem o doce de nozes, aquele azulado com o cisne em prata?", perguntei enquanto a labirintite me embalava. A dona da confeitaria, contrariada com minha aparição — seja lá que rumo possa ter uma aparição na tarde de Ipanema, o sol caindo nas franjas do Leblon. "Tá, volta pra ti", falei. Fiz sinal a um táxi, a coreografia em desmaio com a luz. O motorista: "Não existe essa rua." Acenei a um anônimo abatido, olhos no chão. O tempo de pensar em outro destino. O motorista virou-se e me encarou à beira da fúria: "E então?" Fechei os olhos e disse alguma coisa, que relembrei anos depois, num engarrafamento em Niterói. "Foi, foi assim mesmo", ele respondeu no banco de trás. Espiei pelo espelhinho. Estava bem refestelado, com o eterno chapéu.

O moço ancestral

Estava eu no Grajaú, entre o quintal e a calçada, quase sentindo o velho tremor a desalinhar por dentro, tremor que me livraria do quartel. Um dia, no andar subterrâneo de uma biblioteca na Califórnia, ele por pouco não me derruba. A agitação veio em tal voltagem que prometi casar, me domiciliar. Pés descalços, fui repetindo pelo campus, "Casimiro"! Um hosana a espantar esquilos nas aleias. Dentro de horas a ascese venceria o surdo turbilhão! Enterrei entre as árvores o lenço manchado de vinho. A moça asiática dormia na relva. Não teria visto sua foto no painel de um táxi? E o motorista? Era seu pai, irmão ou namorado?

Estada

Bateu na porta. Era uma casa de vila no Catete. Ao pé de uma pedreira que calçara metade do Rio. Não lembrava onde tinha lido a informação. Bateu mais. Um vizinho contíguo abriu sua janela. "Hein?", perguntou. "Não!, preciso é falar com ela aqui", respondeu áspero, como se o outro quisesse entrar no circuito exíguo entre ele e a mulher cujo simples nome lhe franqueava uma espécie de último desejo. Não esse que se costuma extrair de um moribundo, coisa que ele não esperava ser. Um último desejo de outra paragem: vontade de ganhar de alguém certa ausência inesperada, a prova de que não é preciso ter mais, voltando assim mais pobre ainda para onde quem sabe já nem se possa voltar. Ou não; talvez sentar na sombra limpa do degrau de pedra — e ficar...

Santa Catarina

A visita

Aqui, na mata às margens da Lagoa da Conceição, na Ilha de Santa Catarina, recebo uma visita enigmática. Um homem que diz ter me conhecido numa das pontes de Estocolmo, num momento em que me senti terrivelmente mal e precisei me sentar no chão. Conta que recusei qualquer aproximação, qualquer socorro. Antes de perder os sentidos falei que, se ele fizesse alguma coisa por mim, eu iria para os jornais alvejá-lo por suas atitudes recentes. Diz que veio me procurar agora para saber exatamente que atitudes eu estava mencionando. Quem é você?, pergunto. É ele agora que empalidece e cai desfalecido em minhas mãos.

Figueira

Quantas vezes pedi: "Não venha mais!" Eu estava sentado na praça da Catedral, no centro de Florianópolis. Turistas argentinos, de mãos dadas, davam um abraço na secular figueira. E cantavam, a me cercar também, ali, à sombra da imponente copa. Em meio à algazarra, eu pedia a quem já esqueci para não vir mais, que ficasse lá em seu indefectível desinteresse, impermeável com certeza à tempestade deste copo aqui. Abri o jornal para assim passar a noite e a manhã seguinte. "Quanto é essa bela cesta?", perguntei à índia a meu lado. Ela disse uma coisa em sua língua. "Ah!", respondi. E tirei os sapatos.

OUTROS BRASIS

Em Brasília

No saguão do Hotel Nacional eu vi uma mulher que chorava. Me aproximei com receio. "Quem sabe uma volta ao redor da piscina?" Pois ela gostou da ideia. A sombra da pérgola recebia hóspedes para a feijoada. Sob um toldo, a cantora e um tecladista em velhas canções. Almocei com a recém-consolada. Nas cores da sobremesa latejava uma espécie de engano, um limite talvez. Não, não, assim a tarde correria o risco de abortar. O melhor? Não dizer mais nada. "Perdão, senhores", concluí já no quarto, fechando a cortina para me antecipar ao sol.

Mato Grosso

Na Chapada dos Guimarães um cara olhava para o vale. Quando o vi, pensei que, se o abordasse, eu iria lembrar. Nos fornos de Berlim, ele, de grossas luvas, segurando a chapa incandescente e contando ser brasileiro; depois devorei suas lições de português — eu, um grego que chegava ao seu primeiro dia de trabalho. Na estrada para Cuiabá, pergunto a Eva se reparou no homem muito à beira do penhasco que não parava de olhar. Ela responde que sim, que é um professor de português. Viveu na Alemanha?, pergunto. Antes disso foi assassinado, ela lembra. E o homem do penhasco? Fui eu que o desenhei, ela fala, emendando a resposta na história de um pantaneiro que encontrou ouro a seus pés. Era domingo? A estiagem não me deixava pensar...

Os horizontes

Das janelas

O aceno

De minha janela avisto diariamente um banhista na lagoa. Nos acenamos sempre, quase maquinalmente, eu diria. Pergunto-me se já nos conhecemos em algum outro lugar. O certo é que, eu na janela, e ele imerso nas águas até o peito, nos acenamos. Um dia desço, vou até lá saber quem é esse banhista. Mas para quê? Para que encontrá-lo de perto, decifrável, nitidamente adoentado ou sadio, pronto para minha curiosidade beber e digerir... Prefiro essa mancha que me acena cercada de água, vaga ilha fiel, que não me provoca ideias, associações, ali, tão só a gerar sua própria imagem, concisa, informe, inacabada.

Vestal

Mas olhar o que através da janela? Ele olhou. Primeiro viu o que pensava estar vendo: nada. Esse tal de nada, diga-se, vinha meio que convulso em borbulhas, não parava quieto. Não diria, no entanto, que fosse uma visão que ele pudesse mais tarde atestar. Considerou que aquilo que via não seria nem suposição depois. Aliás, confrontava-se com o que nem mesmo ali lhe passava com a mínima fluência pela ideia. Se era grande a paisagem? Se lhe provocava efeitos inesperados? Ele fechou a cortina e voltou à realidade que estava logo atrás. Deitou-se sobre a roupa dela e fez amor, mesmo que ela já não pudesse responder de lá onde estava, sim, na indiferença espumosa da vista da janela... E a cortina esvoaçava acariciando o quarto com seus fungos, seu bolor...

DAS MARGENS

Dia e noite

Confundida com o dia, quase a mesma coisa, ali, entre o arvoredo e a cama, ou seja, na janela, via-se apenas sua sombra; perdão, não tanto a sombra, mas uma espécie de fogo brando, fogo não, mentira, apenas a reverberação de um conteúdo ainda submerso, em leve refrigério. Por que soprava ainda a primavera? Ela estava ali, suspensa, religiosamente concentrada para desgrenhar-se com o verão. Aí, sim, o vizinho poderia vê-la inteira no binóculo. Não aquela pulsação desvanecida, suspeita, mas uma mulher de fato, como se dentro de um filme onde o tesão chega ao máximo quando a luz se apaga, a cortina se fecha, lá, na janela do outro lado da rua. O vizinho agora recua, senta-se na cama, apalpa o corpo da mulher que dorme. Estica-se. Finge que sonha.

Manjedoura

Ele estava sentado à beira da várzea, olhando tudo e nada, e havia ali um sentido duplo, como se o fato de estar ali bebesse de uma fonte sem condições de se estabelecer naquela tarde, entende? "Entende o quê?", uma voz mofina se insinuou. "Espere, não aceite provocação!", ele falou para si mesmo. Era Natal, na outra margem da várzea via-se uma criança batendo com uma pedra no seu brinquedo azul. Tudo em volta parecia em ponto de renúncia para que a fonte submissa pudesse vingar. Deitou-se como um bom crucificado. Acordou com uma risada infantil na vizinhança. Uma formiga passava na camisa branca. Neve.

Quintal agreste

Era justamente ali que na infância ele costumava brincar. Brincava sozinho, sem se mexer. Na boca, uma surdina engrolada. Mirava certa miragem mínima. Imaginava caçar sua exata substância. Quem sabe vendê-la com estardalhaço para algum cientista. Mas, se hoje conseguisse reconstituí-la, seria só para honrá-la com devotado olhar. Agora, porém, o ponto misterioso parecia anêmico diante daquele enorme vulto adulto. Já não encarnava com nitidez a figura microscópica. A sua evocação, aliás, se inebriava agora até desfalecer na labirintite do atual gigante.

AS PLANTAS

FOLHAS

Mistério glorioso

Recebi uma folha seca pelo correio. Da mesma cidade. Veio também um fio de cabelo castanho. Dessa vez de longe. E algo mais que não digo. Tudo isso num só dia. Eu, que a cada manhã ponho a mão na caixa do correio e quase sempre a deixo ali por uns segundos, calculando o vazio... Quando a trago de volta, vejo-a esmaecida mirando a minha mísera ansiedade. Mas ontem, de uma tacada só, chegaram essas três coisas: uma folha seca, um fio de cabelo castanho e... ah! perdão, pois não posso dizer o que me veio a mais e que ainda descansa. Sei que, se falasse dos três conteúdos sem expelir o nome do terceiro, não me deixariam partir antes de confessar. Por isso ponho a camisa que ganhei e saio. Saio vestindo essa ordem reticente a que pertenço agora.

A planta da vergonha

Sou botânico nas horas vagas. Melhor dizer: meu tempo hoje é todo feito de horas vagas para a botânica e tal. E tal? Por que enfio esta indeterminação um tanto desdenhosa para despachar meu pensamento? Será que me encerrarei no sono por vergonha da planta cerebral? Sim, fecho janelas e portas, só as folhagens em volta da cama verão a cicuta nos meus lábios. Dizem que no outro lado os instantes são cremados no esquecimento. Não há onde plantar. Não fui eu nem ninguém; a tosse que você ouviu não era minha, foi o pigarro do tempo atrás do arvoredo que a noite agora cobre de perdão.

CANTEIROS

Trincheira

Entrou na estufa envidraçada das plantas. Lá fora, um chuvisco miúdo. Pensou que não sairia tão cedo dali. Algumas pessoas passavam abrigadas em capotes. Ele, em mangas de camisa, tinha chegado no dia anterior de Belém. Um encontro para se discutir na faixa meridional a erosão tropical — tratava-se disso mesmo, "assim, sem mais"? Ele, que costumava apertar o cérebro quando sentia, como agora na redoma, a própria mente erodir, dessa vez procurou ser menos trágico: tirou o frasco do bolso e engoliu as três pílulas tidas como mágicas. Em poucos minutos, o prumo se restabelecia e ele voltava a ver as coisas sólidas e claras. Mas, naquela ocasião, tal não aconteceu. Deitou-se entre as orquídeas. Pensou que assim permaneceria, até passar. "Com sorte, ninguém verá..."

Tomates

A vizinha sempre cerrava a persiana quando ele chegava à janela. Olhou a horta do convento ao lado. Morava ali a bem dizer pela existência da horta do convento. No entanto era só chegar à janela para ouvir o ruído casto e ríspido da persiana. Não que não pensasse em sexo quase o tempo inteiro. Mas, quando se aproximava da janela, o que tinha na ideia era francamente dar uma boa olhada na horta do convento. Agora vinham vindo os tomates que lhe fariam bem à próstata. Vez ou outra, um frágil sino batia na pororoca do Minuano. Até o ponto em que ele deixava de se sentir disponível para aquela espécie de ridícula oração dirigida ao ostracismo dos canteiros. Corria então ao telefone para ouvir a voz langorosa lhe perguntando por onde ele queria entrar.

Pétalas

Aventureiros

Olhou o canteiro do parapeito como se num filme escravo. O nublado, a garoa compondo o pigmento do dia. Ele fitando as plantas depenadas pela indiferença da estação. Apenas uma abrindo pétalas. E vermelhas! Parecia fugitiva de uma região submersa dentro daquele cenário em que ele mal podia perceber atrás da vidraça embaciada. Quem sabe não estivesse mais na paisagem... Desviava o pensamento para uma cidade que podia comportar elementos de todas as outras, incluindo aquela rua, a atmosfera amena, a um passo do frio. Mostrou a taça de vinho à tímida latência de cada objeto — que por instantes ele parecia vislumbrar. Então coçou-se entre as pernas, com rapidez, como se precisasse voltar para o local conhecido que de novo podia se apagar...

A crista das horas

Houve um fato? Não sei, pairava sim a sensação de que as coisas estavam para acontecer. Dois jovens lutavam na grama. Alheia, uma criança jogava pétalas amassadas. Ficou mais? Ah, era um dia luminoso e eu queria ser em breve um garoto como os dois que lutavam. E, vagamente, não me sentia capacitado. De fato, eu não passava de um olhar, é, cuja fonte era uma cisterna quebrada; o alvo, um indefinível quadro geral do ensolarado. Não sei quem me fez depois colher das sombras. Quero saber desde quando essa polpa avara corrói a crista das horas e por que me acostumei. Não importa: palavras não consertam. Bocejo para o Vale do Poente.

Recreios

Faço café meio imerso num alarido infantil. Diz um amigo que me enredo demais nessas manifestações em eco, secundárias. Que eu deveria acordar, pôr-me em marcha, desatar! Então digo: "Sentir essas cócegas na mente com um alarido infantil é dose!" Mais não sei dizer. Sei que o aroma do café se espalha. E que batem à porta. Uma garota a me oferecer rosas. Custam uma ninharia. A primeira que pego ponho na boca. A segunda, ofereço à pequena vendedora. Ela mastiga a flor com mais desenvoltura do que eu. Engolimos ao mesmo tempo. Não é ruim, compreende?

Os reflexos

Espelhos

Saga no banheiro

De manhã cheguei à conclusão de que precisava me apaixonar. Fui ao espelho do banheiro, pus um fim na barba de anos. Depois ao léu abri a cesta de roupa suja, pedindo ao vento o impulso com que ele parecia açoitar. E súbito já não enxergava a santa manhã, mas a anemia crônica das horas, e eu, viajante escuso, sem pé para embarcar. De cócoras, apoiado na cesta: o cheiro encardido penetrava, toquei lá dentro na mancha da minha camisa predileta e salivei a luz que no alto da garganta se acendia e cantei como se num esconderijo, enquanto a noite descia devagar.

Sonos e carícias

A criança alisou o lençol. Um gesto adulto. Como se uma criança pudesse se interessar pelo não enrugamento de um tecido. Que por sinal costuma receber seu suor, por que não sargaços? Mas ela alisou mais uma vez. Não tinha ainda o motor completo do gesto. Difícil obter assim bons resultados. Deixou-se então cair na cama. E adormeceu. Levantou-se mulher feita. Foi ao espelho, a mão na face. Encontrou: estava ali, intacta, a marca de onde tudo germinara para dar nessa carícia da manhã. Voltou. Os dedos aplainando o lençol. Deixou-se cair, abandonada.

Sonâmbula

A pia branca. Os ladrilhos. Tudo como pensava deveria ser um ambiente verdadeiramente higiênico, sem o eufemismo das cores. Não, não estava num cenário hospitalar. Parecia o outro lado do sono, não propriamente um sonho. Talvez uma estância sem volta. A partir dali, só encontraria o que não pudera supor. Talvez lhe aparecesse um outro rosto no espelho, alguém que ela não teria a menor chance de reconhecer. Por enquanto, era aquilo: a pia, os ladrilhos brancos, mais nada. Nem mesmo o espelho. A figura, próxima, não era o seu reflexo, mas uma outra pessoa — o mesmo cabelo, é certo, a cicatriz, os seios levemente estrábicos, algo mais... Não havia, porém, nenhuma referência da véspera. Ela então abraçou o corpo em frente ao seu. E se sentiu beijada.

FOTOGRAFIAS

Piloto da madrugada

Manchas comiam feições, cinturas, pétalas. O amarelado se sobrepunha a tudo como se latejando um chamamento obscuro... Indeciso... Ali, entre os guardados que eu herdara sem saber exatamente de que mortos. Insone, resolvi afixar a foto no espelho do banheiro. Então me barbeei escutando a previsão de chuva. O retrato indecifrável parecia esconder um conteúdo ancestral perfeito para a minha sequência biográfica. Quando testei o quepe de piloto, vi que nas horas seguintes a minha cabeça não se ocuparia de mais nada além do meu primeiro voo.

Azul sem conta

Em meio a uma turbulência o homem perguntou à aeromoça se estava tudo bem. Ela disse que sim. Mas ele não acreditava, não acreditava que estivesse tudo bem ali, acolá, lá longe. Se olhasse pela janela, veria aquelas nuvens na divisa entre o dia nublado e o infinito azul sem conta. Olhou a foto da filha desaparecida. No vácuo que o separava da criança já não havia lugar para um pensamento. Era só aquele sono abnegado, preparando-o para que continuasse a procurar e procurar. De fato, ao adormecer sentia-se pendurando as armas. E mergulhava então num mar que em certas passagens parecia a véspera do encontro.

No fundo do bolso

Quatro homens sentados lado a lado. Expressões mais ou menos sugestivas, mãos repousando sobre as pernas. Aguardavam o quê? O clique da foto, a consulta no posto de saúde, ou o indelével encontro na noite? Nem eles sabiam. Estavam ali porque tinham perdido a memória de como prosseguir. Estavam sentados como quem se extravia de certo fio que redime a falha dos acontecimentos. Acham-se ali como a parede cinza, o tapete em frangalhos... e a tarde que se esqueceu de passar. Coagulada, feito a foto que amasso no fundo do meu bolso.

Santinhos

Na fila, o homem chegou e me abraçou forte, não querendo me largar. Eu dava tapinhas nas suas costas, evitando parecer selvagem com um cara que só podia ser louco a me perguntar: "Tem dinheiro aí?" "Tenho uns trocados, sim", falei sacando minha carteira com uma foto que ele, soltando-me, passou a admirar: "Sou eu este daqui", ele disse a sorrir e a babar como quando um bebê reconhece a atenção franca de um desconhecido. A foto era minha, confesso, na primeira comunhão. Sempre achei esclarecedora do meu jeito vida afora aquela expressão meio beatífica que o seu Karol, o fotógrafo judeu, me ensinara a compor. E o louco de cabeça raspada e cheiro de mijo se achava ali. Quando lhe ofereci os trocados ele não quis. Viu o sinal aberto e partiu.

Sombra gentil

Ela entra na cabine de fotografia. Lá dentro, num súbito, esquece o que deveria fazer no cubículo apertado, quase 40 graus. Parece que não sabe mais como seguir as várias sequências do dia. Mas não aguenta ficar sem função no espaço sufocante. Tira a roupa. Pensa em outra progressão que a justifique ali. Essa mulher que, quando vê, atolou-se em nada. Que fica como remanescente desnaturada de atos exauridos. Repentinamente. Só ela, perdida. E agora nua, lanhando-se dentro da cabine de fotografia, enquanto um homem espera para entrar, impaciente.

Damas do apostolado

Velhinhas na sacristia. O toró na vidraça. Eu trazia a capa e um guarda-chuva extras. Levaria uma delas para casa. Por que eu fora buscar uma das velhinhas, se não tinha mais mãe, alguma tia ou amiga octogenária? O meu gesto, ali, me pareceu tão ridículo que recuei, fechei a porta e, só depois de fechá-la, pedi desculpas. Elas falavam sobre a chuva. O retrato de um padre antigo, na parede, exalava uma contagiante complacência. Quando parei no boteco e pedi café, ah!, era como se já tivesse visto um bocado... Mais, bem mais do que eu imaginava...

O SISTEMA

Restaurantes

Iguaria

Ele estava na hora de almoço. Nesse dia lhe ocorriam certas coisas, como: encarar um jejum sincero; dar mais alguns passos e não conseguir voltar; desaprender as habilidades que lhe eram imputadas no trabalho. Ou nada disso. Ou muito mais. Entrou no restaurante, pediu uma exorbitância qualquer. Fartou-se. Na manga, a nódoa do banquete. Resolveu voltar. Ciganas no caminho. Expôs a mão. Ouviu a miragem em castelhano. Mas a vida continuava. O trem passava agora rente ao escritório. Tudo estremeceu, vibrou. Depois foi se tardando, assim... e arrefeceu.

Euforia

"Você sabe?", ele falou. O restaurante, vazio. Certo, havia a tripulação da casa — três garçons meio que sorrindo para o ar. E os dois à mesa, é claro, um deles dizendo nesse exato instante: "Você sabe?" Quem eram? Um dos garçons se perguntava a respeito, não permitindo, em férrea discrição, que nenhuma ideia perdurasse por mais de alguns segundos. "Você sabe?", ele repetiu, como se tateando para encontrar a substância do que o outro poderia não saber. Ficavam nesse tom, noite adentro, alheios aos bocejos dos garçons, diante dos guardanapos desfeitos, com manchas da púrpura miragem. Tentavam instigar o assunto que parecia enfim desabrochar... "Você sabe?", o outro devolveu. E o riso então rolou como se do alto de um desfiladeiro, assim...!

Salada

Tinha vivido até ali de bem com tudo. Mas, no restaurante, não gostou do olhar que lhe lançaram de uma mesa. Quando passou, gemeu. O primeiro gemido, discreto; o segundo, dramático, vindo de alguém que se despedia daquilo que nos permite voltar pra casa vagamente insatisfeitos, mas inteiros. Dirigiu-se ao bufê mancando, o joelho acintosamente duro como o de Jango saindo do avião na fuga do golpe. Pensou: "Só tenho compromisso com o meu difícil andar." Um microscópico réptil saía da folha de alface. Mesmo assim ele a trouxe para o prato. Voltando à mesa ainda arrastando a perna, caiu. Conturbado, saiu do restaurante. Sem mancar. Lá dentro aplaudiam seu feito. Então poderia voltar, pedir algo para beber e tudo? Mas o que tinha acontecido mesmo?

CAFÉS

Sob o lençol

Ambicionava quase tudo. Não sabia de onde tinha saído essa vontade toda. Sabia que, se entrasse numa loja, seu olhar exercitava aflito o dom de sua cobiça sobre vinhos, cachecóis, mulheres, bichos. Embora desconfiasse de que, no fundo, não queria nada. Os outros é que maliciavam o seu olhar, aprisionando-o. Então cumpria a tarefa de desejar o alheio de forma abnegada. Às vezes, não. Às vezes sentava-se num café e olhava o ambiente sentindo-se à beira de um limite que não sabia definir. Depois daquela mirada desejante ele saltaria para onde mesmo? Para lá, onde o olhar não será visto nem se fará necessário. Nesse reverso de qualquer superfície, onde uma fonte doa de si apenas esse toque mais que raro, único, dizem até que no diâmetro exato desse desenlace, aqui...

Boom!

Havia uma espécie de incógnita que não o deixava descansar, na calada da mente, bem no centro de uma ânsia sem fundo, ali... Às vezes pensava não ser isso, era simplesmente uma falta de vontade que o levaria à loucura, não fosse ele tentar uma reação, assiduamente. Punha-se em marcha, descendo as escadas cheirando a lixo, chegando ao café, olhando o rapaz que lhe servia e que costumava olhá-lo como se adivinhando aquele seu quê de incógnita na mente. Ou de falta de vontade ou nada disso ou algo mais, como aquela criança sorvendo no canudinho seu milk-shake, produzindo o barulho das tragadas, lentamente, como se tivesse o tempo inteiro, feito ele próprio tomando seu café. Pulsava certa perícia, eloquente até, como se tudo estivesse pronto para começar!

BARES

Noturnos

Um homem, ainda sujeito às tempestades, entra num bar. Senta-se junto ao balcão, perto de outro homem nas mesmas condições — seja qual for a substância que uma tempestade possa oferecer a dois seres entre a madurez e a velhice. Diga-se, ambos ainda distantes dos traços mortuários. Mas já intratáveis para novas aventuras físicas ou morais. Do suor das calvas se evaporam, lentamente, seus antigos mananciais de metafísica. "E daí?", perguntaria o leitor, ávido por histórias em que duas pessoas encontram a solução tardia para nada. O certo é que as frontes boêmias caíram sobre o balcão, inebriadas pela promessa do sono. O barman os sacode: "É hora!" "Do quê?", sussurra um deles. O outro, nem aí. Exala um sorriso — de pura mansidão...

Estudante

Ele não queria soluções domésticas: sofá, porta para o quarto, depois o sono, mais nada. Preferia sondar a extremidade púrpura de um surto de abismo. De fato, sua cabeça, como se à beira de um penhasco, pendia sobre a taça só com os sedimentos do vinho. O garçom martelando que a casa ia fechar... Mas o que ele queria para além de estar ali? Chegava mesmo tão distante assim o seu desejo, a ponto de penetrar no que a vida nem podia abarcar? Fez um muxoxo, pediu a conta. Saiu. Circulou em volta do poste; precisava de um tempo antes de decidir. Programava fazer hora sem saber se teria alguma ocupação para depois? Um motorista de táxi o olhou como se esperasse o sinal de uma nova corrida. Ele respondeu fechando os olhos numa lassidão, até tontear...

Pedestre

Viu o balcão, pediu um café. Todos haveriam de concordar que tudo estava se excedendo, era demais. Sabia que, se ocupasse um lugar apropriado para deter o que parecia em vésperas de arrebentar, não precisaria beber o café como mais uma camuflagem na pasmaceira geral; poderia simplesmente beber o café, nada mais que isso, gole a gole, sem a intenção de se confundir com a quietude encardida do boteco. Veio o café, mais forte do que esperava, espumoso até, caindo-lhe feito uma chama a mergulhar no escuro. Chama que agora sabe ser de água mesmo, o rio a correr pelo avesso desse homem — sem lugar pra ir nem jeito de ali permanecer... Ele coça o recorte dos classificados no bolso. Abre a mão no peito, aguarda... E aperta o coração.

Penhasco

Ele olha um boteco. Não consegue entrar. Nem seguir caminho. Mantém-se ali, vendo uns homens fabricando uma alegria confusa. Ele não tem para onde ir. Capaz de fazer hora até a eternidade, como se precisasse preencher o tempo à beira de um penhasco, antes de se decidir quem sabe pelo imenso vale. Levam-no para uma camionete. Ele fecha os olhos. Vê como que um casulo esbranquiçado a arfar no escuro. Mas não!: é uma clara nave espacial. Ou apenas um borrão indecifrável. Na asa do nariz pende uma gota. Que, em fervor desmesurado, cai. E infiltra-se no encardido da camisa, sobrevivendo a tudo, até a esse tardio e silencioso "ai!"...

HOTÉIS

Promessa

No quarto do hotel, ao retirar a colcha atoalhada, tentou se acalmar. Apenas olhou o azul-turquesa, como se a cor naquela substância felpuda fosse uma superfície desconhecida, mais nobre, quem sabe, bem mais antiga que aquele pano seboso e enxovalhado, tocado sabe lá por quem antes que ele chegasse ali, naquela tarde chuvosa de um sábado mais morto que o habitual. Por que tinha chegado ao ponto de se abstrair do espaço que lhe fora dado? Por que não suportava aquele tecido, se aquilo era o melhor que podia ter ali? Lembrou-se de alguém cujo nome não lhe vinha. Talvez precisasse apenas puxar a colcha para que sua memória pudesse se materializar sobre o lençol. Pois puxou-a. Do lençol encardido vinha o nome, enfim. E ele se deitou, como se ao encontro...

BANCAS

População

Ela estava diante da banca de revista, tentando insinuar um interesse por alguma manchete, alguma capa. "Cuidados com a pele no verão." A foto de uns óculos na sarjeta, estilhaçados. Por que essa mania agora de se perder de tudo em pleno dia? Era quando parava geralmente em frente a uma banca, procurando se envolver com alguma imagem, onde pudesse encaixar a atenção. Até que uma onda repentina, sabe-se lá de onde, mais uma vez a devolvesse a si mesma por uma temporada que a qualquer momento poderia falhar. Mas dessa vez ela não conseguia se ancorar em nenhuma foto, chamada, legenda... Como que por encanto, fixou-se no homem da banca. Ele parecia acolher o súbito interesse da desconhecida. Só que ninguém seguiu a cena para poder contar.

Dia de sol

Ele não tinha ido para comprar revista. Estava ali para guardar a fisionomia de pugilista do sujeito da banca. Não que pressentisse seu sumiço... Precisava fixar aquela face para quando não lhe restasse mais nenhuma outra convicção de traços para evocar. Sim, vinha ficando cego, o que, diga-se, não o incomodava tanto. Sentia um manancial de trabalho aí: um homem rompendo o limite da visão. Ao pensar isso via-se ridículo, é claro! "Chegar ao limite da visão" só seria compreendido mesmo pelo cara da banca, este mostrava uma decidida saturação no olhar, de tanto permanecer entre apelos de papel. "Saiu a revista!", ele falava ao me ver — mas fitando o seu carro, aquele banheirão ali, um verdadeiro paquiderme encravado na sombra da copa mais cerrada...

CINEMAS

O ex-cineclubista

Aquele homem meio estrábico, ostentando um mau humor maior do que realmente poderia dedicar a quem lhe cruzasse o caminho e que agora entrava no cinema, numa segunda-feira à tarde, para assistir a um filme nem tão esperado, a não ser entre pingados amantes de cinematografias de cantões os mais exóticos, aquele homem, sim, sentou-se na sala de espera e chorou, simplesmente isso: chorou. Vieram lhe trazer um copo d'água logo afastado, alguém sentou-se ao lado e lhe perguntou se não passava bem, mas ele nada disse, rosnou, passou as narinas pela manga, levantou-se num ímpeto e assistiu ao melhor filme em muitos meses, só isso. Ao sair do cinema, chovia. Ficou sob a marquise, à espera da estiagem. Tão absorto no filme que se esqueceu de si. E não soube mais voltar.

O RETORNO

Os mortos

As mortes

Banho na claridade

À noite ele saía pelas ruas sem algo exato a fazer. Ao acordar, não se lembrava de nada. Precisava de um banho, tirar o cheiro de pele, disfarçar a ausência de sua história mais recente e voltar a ser uma pessoa entre as outras, deixando-se ver na claridade, respondendo, perguntando. "Onde estarei depois de morto?" A pergunta arrebentou no núcleo de sua demência. Comprou seu próprio caixão. Quando abriram o esquife, à beira da cova, não precisou dos olhos para ver a filha grávida, olhando-o pela última vez. A filha distendeu as pálpebras como se tentasse fixar as feições dele para sempre.

O fio em curso

Estou vivo. Perdoem minha impertinência. Mortinho da Silva. Respeitem o repouso infinito de morto. Querem um desaforo? Eu vos digo: vos odeio. Um acalanto? Meu sonho é ter você no amasso. Querem mais o quê? Um tédio sem remédio, uma omissão nevrálgica? Não, não querem. Querem o quê, então? Amor, eu sei, que ele só nos amanhece. Há tanto a dizer de tudo, mas não digo. Bom mesmo é sentar à beira da estrada qual um erasmo e desnovelar essa linha que palpita. Destreza? Não: o fio que tenho em curso me assaltou, aperta meu gogó, me tira o fôlego, me impele, me assassina.

Lagoa da Conceição

Diante de sua face morta me veio a demência de assoprar em torno. "Abranda, abranda tudo", repetia o botão que me faltava na camisa. Olhando o corpo no sofá, imóvel, eu me esvaía em alucinada dispersão, como costumava acontecer em urgências indomáveis como aquela. Mas dessa vez tive força, acabei me insurgindo. E me lancei sobre o corpo e fiz a tal respiração boca a boca. Ele reagiu: abriu os olhos, num frêmito me reconheceu... e morreu. Primeira providência: procurar, ah, claro!, a visão da lagoa, logo ali entre os ciprestes. A camisa dele, na corda do alpendre, estava seca. Sim, a recolhi. Era nova, e ele iria com ela...

Brinquedo mortal

Espinhos me espetavam. Eu mexia na macega. Descobria um botão perdido. Aí me levantei, ensaiei uns passos heroicos. E fui andando, agora meio que num postal de outra esfera, possuído na certa por alguma histeria de raiz bíblica. Encontrei água de coco. O vendedor puxou assunto. Fiz sinais de mudo. "Vai chover", ele insistia. "Acho que não", enfim respondi na velha gagueira. Explodimos numa risada. Caí, me fiz de morto. Ele também... Acordamos. Avoados nos tocamos. Gelados, os dois! Fomos tateando as lâminas de frio que éramos. Sim... tocando no avesso de uma espécie de mentira na qual vivêramos até minutos atrás...

Emergências

Tudo era urgente. Ao olhar a própria mão, seus olhos já tinham se antecipado: miravam os cabelos afogueados de uma mulher. "Tudo era urgente", ele não se cansava de repetir assim mesmo, no passado. Repetir, sim, para que pudesse fixar alguma coisa, antes de ver a nova imagem dar lugar a outra. Quando percebeu que o amigo estava padecendo de um mal súbito, aliás, como de alguma forma tudo ali, ele não teve tempo de socorrê-lo ou batizá-lo no ritual sem bandeira que pintasse de dentro de si. Pois quando olhou de novo a cara do parceiro, o que viu foi a lápide com o seu sorriso brando de outro mundo. Tudo ali era urgente, sim, tudo, ele ladainhava batendo no peito, como se uma misericórdia pudesse soar ao vento que já se coagulara na mais empedernida seca.

Os cadáveres

Relento

"Esse atraso corta o raciocínio", dizia um homem de jaleco a me olhar. Eu estava entrando à toa na sala. Por que logo ali, merecendo aqueles olhares de desaprovação? Poderia ter entrado em outros compartimentos — o prédio era enorme, tantos corredores... Mas abri aquela porta. E não devia recuar. Três passos até a cadeira onde sentei. Todos saíam. Restando tão só um cadáver ali na mesa de aço, com certeza fria... "De folga, anatomia?" Fui ver... Levantei o pano que cobria o defunto. Vi sem surpresa: era um colega meu morador de rua. Andava mesmo se queixando de dores. Curvei-me, como costumava fazer toda a manhã para ouvi-lo pedir a hora. A hora na torre do cartão-postal. Tirava-a do bolso como um truque. A minha locução inaugurava o dia.

Cavalheiros

Chegou e precipitou-se sobre o tapete. Talvez uma exaustão que não lhe concedesse tempo de ir até a cama. Depois o corpo me pareceu em algum rito com pendores para a prostração. Eu entrara naquela casa pela janela dos fundos. Via tudo de um ângulo velado, atrás da cortina. Pensei o que faria com aquele homem deitado. Esperaria que ele saísse do transe para só aí me aplicar naquilo que me trouxera ali? A bem da verdade, eu já não sabia o que ia fazer com um morto. Avaliei o vômito no tapete, suas pálpebras cerradas, indiferentes aos meus movimentos agora bem próximos. Virei o corpo de frente pra mim. Era ele, sim, o cara que eu viera buscar. Puxei-o pela camisa. Não, não estava morto: aos poucos, abriu os olhos. E me viu, sem reação...

Mucosas

Estavas em coma aquela noite. Bati na vidraça do teu quarto esperando que me acolhesses com a lareira acesa, mas te vi na cama, a cabeça meio pra trás, lembrando vagamente a máscara mortuária de uma figura guarani; não parecias respirar, na certa tinhas bebido até cair, até chegar ao submundo mental, ao turismo pelos cemitérios de neurônios. Voltavas depois pra mim tão sem pistas, que perguntavas teu nome, tua procedência e tudo. Estavas em coma. Tanto, que quebrei o vidro com o punho e entrei. Sangrava minha mão. Vi que não havia o que fazer. Já tinhas certa lividez laqueada e só me restava te velar. Foi o que fiz? Não, não foi: deitei sobre o teu corpo e abandonei a língua na tua boca até clarear não só o dia, mas também a ideia de te incinerar.

Os enterros

Grêmio

Quando minha mãe morreu, eu acordava em Florianópolis. Na rodoviária de Porto Alegre pedi ao taxista que me levasse depressa. A viagem atrasara. Ele disse que, como o cemitério ficava perto do campo do Grêmio e tinha jogo naquela noite, o trânsito não estaria fácil. Passamos pelo clarão do estádio. O motorista ostentava quase um desconsolo, embora eu não tivesse confessado a qualidade íntima do velório. O padre soube observar meu suor. Horas depois forcei a chave para entrar no apartamento dela. Por que não tentar desde logo o que eu não ousara formular até ali? Virei-me. O cão rosnava. Preparava sua fúria para me atacar.

Depois do almoço

Logo que cheguei ao velório do meu amigo, alguém me chamou. Pediu para que eu presenciasse a exumação do corpo do irmão do falecido. João seria enterrado na mesma sepultura. Não gostei nada da escalação, mas lá fui eu, mais um parente dele e dois coveiros. No caminho, em meio à quietude tumular de depois do almoço, me senti com a força de um animal útil. Veio então a cova aberta, o caixão com crostas de terra lá embaixo. E a volta de uma sensação da infância na face. De repente, um fio de sangue escorria do meu nariz. Manso e quente.

Os deuses

Profanos

Deusa da ausência

Essa deusa esfolava os mortais com ramos de uma planta cujo nome eu nunca soube guardar. Ela só flagelava os que arrotavam símbolos. Os que vagavam sem promissão à flor da terra, como as ramas, os sanás e os brejos, estes recebiam o prêmio do silêncio, a ausência do hálito dos deuses, o blecaute da cena exemplar. "Queres recompensa maior?", falou minha filha pequena. Ela pediu um sorvete. "Um sorvete!", a moça que atendia ecoou. "Mais um!", ondas de saltimbancos repetiram em variadas piruetas. "Mais um!", blefou a noite enquanto a menina descobria as minúcias do meu rosto.

Um cara de Zeus

Por que me chamavam novamente se eu não tinha mais o que dizer? Não achava inclusive que tinha muito mais o que viver, eu, um grego inquieto, aquele figurante em " O Desprezo" do Godard, e que agora, vivendo no Brasil, entrara nessa encrenca colossal. A cela aberta, um homem falou que eu seria deportado. Devolveu meu passaporte. Abri: não era eu, mas alguém bem parecido na fisionomia e no nome. "Anda", falou um guarda, louco por uma última porrada. Sobrevoando o Atlântico, eu ia pedindo a Zeus que me transportasse, o mais depressa possível, para longe do cara que se apossara de mim.

Cilada

Foi mandado para o retiro. Não tinha o corpo bem formado ainda. Estava quase, de modo que os ossos doíam todo fim de tarde. Seu pulso também, pois no casarão distante deveria desenhar dia após dia a tal mandala cujo centro não se deixava apreender, fugia. As bordas circulares, seus arabescos e rendas, pareciam verter-se majestosamente do fundo do silêncio que só o centro guardava intacto, inconcebível, avaro. Às seis da manhã era acordado por um sino suave, quase além do som. Mãos lhe traziam o frugal. Ele o levava à boca, sem encostar no paladar. Depois alisava a mesa, a mandala se abria. Mas dessa vez ele viu: o miolo enfim se consumava inteiro, se oferecia. Tocou. Primeiro foi se amortecendo. Depois se afogando, tragado pelo núcleo... O retiro acabava...

SECULARES

Voluntário

Uma da tarde. Numa dedicação sem objeto, lá ia ele ladeira acima, distribuindo laivos do olhar de enfermeiro. Muitos mastigavam porções condensadas de saliva, em cacoete epidêmico... Engoliam, sim, essas balas de nuvens do palato, a imaginar o que seria delas quando, maceradas, chegassem ao estômago, ao intestino grosso, à masmorra dos esgotos... Ele ia na calçada do sol com um balde, uma toalha, pronto para o socorro que nunca acontecia. O silêncio o instigava a derramar a água na cabeça. E agora, como voltar, como seguir, ficar? Molhado, a mão a um palmo da fronte, o anular e o mínimo encolhidos. Pontífice da periferia. Empedrado na sua bênção secular. A sombra que ele lançava parecia o perfil de um agonizante vendo o que ninguém mais via...

Meus oito anos

"Agora vocês já viram o suficiente", disse o padre na Sexta da Paixão. Aí desceu um pano preto, tapando o altar. Seus olhos se amancebavam com a abóbada, onde se debatia um pardal intruso. "Sem a ressurreição, em vão seria nossa fé!" Pensei na chaga que, minutos antes, eu não conseguira beijar. Após cada beijo, um guri passava álcool na imagem. Era meu aniversário, mas nem o pudim de praxe compareceu. Fingi um luto maior do que a data dos meus anos, fui deitar. Sob o lençol tateei o meu corpo, devagar, como se o estivesse conhecendo ali.

A filha do pai

Por que rumino e não saio? Essas palavras pareciam figuras trapistas, a meditar em volta de uma pia batismal. Água, sal, murmúrios litúrgicos. A criança de dias ancorada em sua mente submersa. Agora sob o jugo do Espírito. Entrei na igreja, mirei a criança toda de amarelo; pela cor não dava para adivinhar se era a filha que eu estava a ponto de conhecer. Tentei: "Vem, menina, conhecer esse intruso que depois volta para o cárcere de onde nunca deveria ter saído." A criança estremeceu num choro enérgico. Soprei a chama de uma vela. No silêncio que sobreveio, adormeci.

Nave

Entrei na igreja e me postei na frente da imagem. Pus-me a mexer afoitamente os lábios, mãos recolhidas sob o queixo. A ruminar um silêncio cuja barra era o rendado do murmúrio. Só isso: uns arabescos rumorejando o que eu não conseguia pensar. Bateram-me no ombro. Um mendigo. Continuei firme no murmúrio, como se demonstrasse que só tinha aquilo. Da rua veio um estrondo. Gritaria. E o vago colapso que nos levou a sentar no banco carcomido por cupim. Ele abriu um embrulho bem sovado. O queijo fatiado espelhava o ouro do vitral.

O sono flagelado

Ele dizia sempre para eu ficar bem quieto, ouvindo as orações matutinas e vespertinas, que depois voltaria para me arrumar, para aí sim ouvirmos só nós dois as orações noturnas, as mais intensas, porque nelas a gente podia alisar a pele do Verbo; mas quando ele vinha à noite eu invariavelmente já adormecera e sonhava com uns parasitas em mentes flageladas. Eu amanhecia chorando, e ao meu lado ele dizendo que ficasse bem quieto, que voltaria para a despedida. Que veio: noto que não choro ao contemplar sua mancha sucinta, longe, partindo para sua morna mansidão.

Este livro foi impresso no
Sistema Digital Instant Duplex da Divisão Gráfica da
DISTRIBUIDORA RECORD DE SERVIÇOS DE IMPRENSA S.A.
Rua Argentina, 171 - Rio de Janeiro/RJ - Tel.: (21) 2585-2000